FÊTES GALANTES
LA BONNE CHANSON
ROMANCES SANS PAROLES
ÉCRITS SUR RIMBAUD

*Du même auteur
dans la même collection*

POÈMES SATURNIENS — CONFESSIONS.

SAGESSE — PARALLÈLEMENT — LES MÉMOIRES D'UN VEUF.

PAUL VERLAINE

FÊTES GALANTES
LA BONNE CHANSON
ROMANCES SANS PAROLES

ÉCRITS SUR RIMBAUD

*Chronologie, préface, notes
et archives de l'œuvre*

par

Jean Gaudon

GF Flammarion

© 1976, GARNIER-FLAMMARION, Paris.
ISBN : 2-08-070285-8

CHRONOLOGIE

1844 *(30 mars)* : Naissance à Metz, de Paul-Marie Verlaine. Son père, Nicolas (1798-1865), originaire du département des Forêts (actuel Luxembourg belge) est capitaine au 2ᵉ Génie ; sa mère, Élisa Dehée (1809-1886) est née à Fampoux, dans le Pas-de-Calais.

1851 : Après plusieurs changements de garnison (Montpellier, Sète, Nîmes, puis, à nouveau, Metz), le capitaine Verlaine démissionne de l'armée et la famille s'installe à Paris.

1853 *(17 avril)* : Naissance de Mathilde Mauté.

1854 *(20 octobre)* : Naissance de Jean-Arthur Rimbaud.

1858 *(12 décembre)* : Verlaine, qui est en quatrième au lycée Bonaparte (Condorcet), envoie à Victor Hugo un poème de vingt alexandrins, « La Mort ».

1861 : Mariage d'Élisa Moncomble, la cousine de Verlaine avec M. Dujardin, sucrier, à Lécluse, près de Douai.

1862 *(16 août)* : Verlaine est reçu au baccalauréat. Il passe ses vacances à Lécluse. En octobre, il prend une inscription à l'École de Droit. Il lit beaucoup, Baudelaire, Banville, Hugo, mais aussi Glatigny et Catulle Mendès, en qui il verra plus tard ses « éducateurs en même temps qu'en quelque sorte complices ».

1863 : Verlaine fréquente des cafés où l'on parle de poésie entre amis et quelques salons littéraires : celui de la Marquise de Ricard, boulevard des Batignolles, où fréquentent Mendès, Coppée, Anatole France, Villiers de L'Isle-Adam, Heredia, Valade, Dierx et quelques musiciens, comme Chabrier. Il sera également assidu chez Catulle Mendès, chez Leconte de Lisle et chez Banville.

Août : La *Revue du progrès moral, scientifique et artistique*, fondée par Louis-Xavier de Ricard, publie un sonnet de Verlaine, « Monsieur Prudhomme ».

1864 : Verlaine, qui a renoncé à ses études de droit, entre comme employé dans une compagnie d'assurances, puis comme expéditionnaire à la mairie du IX⁰ arrondissement. Il passera de là à l'Hôtel de Ville, puis, l'année suivante, à la Préfecture de la Seine.

1865 : Publication, dans *L'Art*, d'un article sur Barbey d'Aurevilly, d'une étude sur Baudelaire, et de deux poèmes qui prendront place dans les *Poèmes saturniens* : « Dans les bois » et « Nevermore ». Verlaine fréquente la librairie d'Alphonse Lemerre, où se réunissent les futurs « parnassiens ».

30 décembre : Mort du capitaine Verlaine.

1866 *(20 octobre)* : Achevé d'imprimer des *Poèmes saturniens*.

1867 *(16 février)* : Mort d'Élisa Dujardin. Verlaine s'enivre trois jours de suite. *20 février : La Gazette rimée* publie deux poèmes qui prendront place dans les *Fêtes galantes*, « Clair de lune » (sous le titre « Fêtes galantes ») et « Mandoline » (sous le titre « Trumeau »). *20 mai* : Publication, dans *La Gazette rimée*, des deux premières parties des « Vaincus » *(Jadis et Naguère)*. *25 juillet* : Commencement de la collaboration au *Hanneton*, d'Eugène Vermersch. Verlaine y publie des proses et quelques poèmes qui prendront place dans *Jadis et Naguère*. *Août* : visite à Victor Hugo, à Bruxelles. *2 septembre* : Verlaine assiste aux obsèques de Baudelaire. *Fin décembre* : Poulet-Malassis publie, sous le manteau, *Les Amies*, en Belgique.

1868 : Verlaine fréquente le salon de Nina de Callias. *6 mai* : Le tribunal correctionnel de Lille ordonne la destruction des *Amies*. *1ᵉʳ juillet* : « Nouvelles fêtes galantes » (six poèmes) dans *L'Artiste*. Vacances à Paliseul, dans le Luxembourg belge.

1869 *(20 février)* : Achevé d'imprimer des *Fêtes galantes* (annoncées dans *Le Journal de la librairie* le 10 juillet). *Mars* : *L'Artiste* publie deux nouveaux poèmes des

Fêtes galantes. 23 à 25 mars : Séjour à Paliseul pour les obsèques de sa tante. Verlaine s'enivre et fait scandale. *16 avril :* Hugo remercie des *Fêtes galantes. 19 avril :* article de Banville. *Mai :* Verlaine collabore au *Rappel. Fin juin :* Rencontre de Mathilde Mauté de Fleurville. *Juillet :* Séjour à Fampoux. Nombreuses crises d'alcoolisme. Verlaine tente deux fois de tuer sa mère. Il demande, par correspondance, Mathilde en mariage. Une partie des pièces de *La Bonne Chanson* datent de ce séjour à Fampoux qui se prolonge jusqu'en août et est suivi d'un séjour à Lécluse, chez le cousin Dujardin. *23 août* (?) : Retour à Paris. Il semble que Verlaine n'ait pas renoncé à ses relations avec Lucien Viotti, qui mourra en 1870 et dont il évoquera « les exquises proportions de [s]on corps d'éphèbe ».

1870 : Verlaine termine *La Bonne Chanson* (achevé d'imprimer le 12 juin). *17 juin :* article de Banville sur *La Bonne Chanson. 19 juillet :* Déclaration de guerre à la Prusse. *11 août :* Mariage de Verlaine et de Mathilde Mauté. Pendant le siège, Verlaine est affecté au 160e bataillon de la Garde nationale. A la fin de l'année, il est promu « commis-rédacteur au bureau du Domaine de la Ville ».

1871 : Pendant la Commune, Verlaine reste à son poste. *Juin :* Verlaine, qui a donné, pendant l'avance des Versaillais, des signes d'affolement inconsidérés, quitte Paris et se réfugie, avec Mathilde, à Fampoux, puis à Lécluse. *Août :* Verlaine, rentrant à Paris, ne retrouve pas son poste : il a été considéré comme démissionnaire. Le jeune ménage s'installe chez les Mauté, vers le 10 septembre. A la suite d'un échange de lettres avec Verlaine, Rimbaud arrive à Paris. Il restera quinze jours chez les Mauté. *Octobre :* Verlaine fait à Mathilde des scènes violentes. *30 octobre :* Naissance de Georges Verlaine. *Novembre :* Verlaine rentre ivre à plusieurs reprises. Scènes violentes. *Fin décembre :* Rimbaud fait un scandale au « Dîner des Vilains Bonshommes ». Il va s'installer rue Campagne-Première. Verlaine a passé quelques jours à Paliseul, autour de Noël.

1872 : *(13 janvier) :* Verlaine se livre à des sévices sur sa femme et se réfugie chez sa mère. Mathilde part avec son fils pour Périgueux et entame la procédure en séparation. Vers le *15 mars*, Rimbaud repart pour Charleville, tandis que Verlaine essaie de reprendre la vie commune avec sa femme. *9 mai :* Nouvelle scène extrêmement violente : Rimbaud a été rappelé par Verlaine et est peut-être déjà à Paris. *18 mai :* « C'est l'extase langoureuse » paraît dans *La Renaissance littéraire et artistique* sous le titre de « Romances sans paroles ». *15 juin :* Verlaine, qui s'amuse (?) parfois à se battre au couteau avec Rimbaud, essaie de tuer sa femme. Il est chassé de chez les Mauté. *29 juin :* Publication, dans *La Renaissance*, de « Le piano que baise une main frêle » sous le titre « Ariette ». *7 juillet :* Départ avec Rimbaud. Ils voyagent en Belgique. *22 juillet :* Mathilde vient à Bruxelles et tente de reconquérir Verlaine, qui paraît céder, mais il quitte brusquement sa femme à la frontière. Ils ne se reverront plus (Verlaine a écrit à Mathilde une lettre d'une violence extrême). *7 septembre :* Verlaine et Rimbaud s'embarquent à Ostende pour Douvres. Ils s'installent à Londres, où ils retrouvent des exilés de la Commune. *4 octobre :* Verlaine écrit à Hugo, auprès duquel Mathilde a dû intervenir : « c'est moi le quitté ». *Fin novembre* (?) : Rimbaud quitte Londres, pour Paris et Charleville. *Décembre :* Verlaine tombe malade.

1873 *(janvier) :* Rappelé par la mère de Verlaine, Rimbaud revient à Londres. *Mars :* Verlaine écrit de nouvelles « Romances sans paroles ». *4 avril :* Départ pour Ostende. Tandis que Rimbaud est dans sa famille, à Roche, Verlaine est à Jéhonville, dans le Luxembourg belge. *19 mai :* Envoi du manuscrit des *Romances sans paroles* à Lepelletier, pour qu'il les publie. *25 mai :* Rimbaud et Verlaine se rejoignent à Bouillon et rentrent à Londres, par Anvers. *3 juillet :* Après une vive querelle, Verlaine quitte Londres pour Bruxelles, et écrit à Mathilde, à sa mère et à Rimbaud que si sa femme refuse de reprendre la vie conjugale il se suicidera. *8 juillet :* Verlaine demande à Rimbaud de le rejoindre. Celui-ci arrive à Bruxelles le soir même. *10 juillet :* Rimbaud insistant pour rentrer à Paris, Verlaine tire sur lui deux coups de revolver et le blesse au poignet.

8 août : Malgré la renonciation de Rimbaud à toute poursuite judiciaire, Verlaine est condamné à deux ans de prison, qu'il purgera à Mons. *Octobre* : Achevé d'imprimer d'*Une saison en enfer.*

1874 *(mars)* : Parution des *Romances sans paroles*, terminées au plus tard en mai de l'année précédente. *24 avril* : Le tribunal civil de la Seine prononce la séparation des deux époux. Conversion de Verlaine. Il écrit des sonnets qui seront publiés dans *Sagesse.*

1875 *(16 janvier)* : Verlaine est libéré de la prison de Mons. Il passe deux jours à Stuttgart avec Rimbaud qui lui montre, et peut-être lui confie le manuscrit des *Illuminations*. Violente querelle. A partir du mois d'avril, il enseigne à Stickney, dans le Lincolnshire. Rencontre de Germain Nouveau. Verlaine passe les vacances chez sa mère, à Arras. Rupture définitive avec Rimbaud.

1876 : Verlaine enseigne toujours en Angleterre, mais change de poste.

1877 : Rentré en France, aux alentours de Pâques, Verlaine enseigne à Rethel à partir d'octobre.

1878 : Verlaine, qui a essayé de se réconcilier avec Mathilde s'éprend d'un de ses élèves, Lucien Létinois.

1879 : Ayant perdu son poste en septembre, Verlaine emmène Létinois en Angleterre. Ils y enseignent le français jusqu'en décembre. Retour en France.

1880 : Achat d'une ferme près de Rethel. Verlaine y vit avec Lucien Létinois et avec les parents du jeune homme. Lucien s'étant engagé dans l'armée pour un an, Verlaine le suit à Reims. En novembre *Sagesse* paraît à compte d'auteur.

1882 : Retour à Paris. Verlaine essaie, en vain, de rentrer dans l'administration. Il vit à Boulogne-sur-Seine.

1883 *(7 avril)* : mort de Lucien Létinois à l'âge de 23 ans. Verlaine achète, avec sa mère, la maison des parents Létinois, à Coulommes, et s'y installe.

1884 : A Coulommes, Verlaine fait scandale. En mars, il publie en plaquette *Les Poètes maudits* chez l'éditeur Léon Vanier, qui publie également, à la fin de l'année, *Jadis et Naguère.*

1885 *(24 mars)* : S'étant livré à des violences sur sa mère, Verlaine est condamné à un mois de prison qu'il purge à Vouziers. En mai, la séparation du couple Verlaine est transformée en divorce. Vagabondage dans les Ardennes. Première hospitalisation à l'hôpital Broussais, pour une hydarthrose du genou.

1886 *(21 janvier)* : Mort de la mère de Verlaine. Séjour à l'hôpital Tenon, puis à Broussais. Mathilde se remarie. *Les Mémoires d'un veuf*. Publication des *Illuminations*.

1887 : Verlaine passe presque toute l'année dans divers hôpitaux.

1888 : Entre deux séjours à l'hôpital, Verlaine publie, chez Vanier, *Amour*, et la nouvelle édition, très augmentée, des *Poètes maudits*. Son amitié pour le peintre Cazals prend une tonalité exaltée.

1889 *(20 juin)* : Publication de *Parallèlement*. Séjour à Broussais, et cure thermale à Aix-les-Bains.

1890 : *Dédicaces*. Verlaine se lie avec Philomène Boudin. Il est encore hospitalisé, à Cochin et à Broussais. Publication clandestine de *Femmes*.

1891 : Entre deux séjours à l'hôpital, Verlaine publie *Bonheur* et, chez Fasquelle, son *Choix de poésies*. Il fait la connaissance d'Eugénie Krantz. *10 novembre* : mort de Rimbaud. *Chansons pour elle*. Verlaine répond à l'enquête de Jules Huret sur le symbolisme. *Mes hôpitaux*.

1892 : Verlaine vit avec Eugénie Krantz. *Liturgies intimes*. Entre deux séjours à Broussais, il fait des conférences en Hollande.

1893 : Conférences en Belgique, puis, à la fin de l'année, en Angleterre. Publication d'*Élégies*, d'*Odes en son honneur*, de *Mes prisons* et de *Quinze jours en Hollande*. En juillet, Verlaine est candidat à l'Académie française.

1894 : Verlaine, dans la misère la plus totale, passe une bonne partie de l'année à l'hôpital. Il est élu, à la mort de Leconte de Lisle, prince des poètes. Le ministère de l'Instruction publique lui alloue un secours de 500 francs. *Épigrammes*.

1895 : Vie commune avec Eugénie Krantz. A deux reprises, nouveau secours de 500 francs. *Les Confessions*. Il s'installe rue Descartes en septembre.

1896 *(8 janvier)* : Mort de Verlaine.

PRÉFACE

La Fête équivoque.

Verlaine n'est pas, pour le lecteur, un poète confortable. Dès le premier vers des *Fêtes galantes* s'introduit un doute. A qui s'adresse-t-on ? Est-ce à lui-même, pudiquement, que parle un « je » poétique masqué ? Est-elle, cette deuxième personne du pluriel, à qui veut la prendre, à qui veut la lire, à qui souhaite décrasser les *Fêtes galantes* des annotations très savantes qui leur font un masque de plus ? Ce que Verlaine appelle l'âme — « votre âme » — n'est pas une puissance. Elle n'est pas *animus*, vigueur ou volonté, mais tremblement, étonnement. Lire les *Fêtes galantes*, ce devrait être réapprendre, comme les « ingénus » du poème, à s'étonner.

Tout est ici en porte-à-faux, tout baigne dans l'équivoque, tout, mouvements de l'âme et éléments de décor, est affecté d'un coefficient d'incertitude. Dans un éclairage sans franchise, ni jour ni nuit, ni été ni hiver, les « masques et bergamasques » du poème initial « n'ont pas l'air de croire à leur bonheur ». Ailleurs, l'abbé « divague » et les perruques sont « de travers ». Et que signifie ce marbre qui

> Au souffle du matin tournoie épars ?

Absurdité ? Il faut avouer que le verbe tout puissant se joue bien étrangement des apparences. Tout de suite, pourtant, le poète se reprend et ricane :

Oh! c'est triste! — Et toi-même, est-ce pas? es touchée
D'un si dolent tableau...

Quelle fureur possède donc Verlaine pour que, dans
l'espace de seize vers, il fasse se succéder le paysage de
l'âme, ses distorsions, et ce commentaire railleur, qui
casse brutalement le charme?

A dolent tableau, « œil frivole ». Le discours amoureux,
qui se confond presque dans les *Fêtes galantes* avec le
discours poétique, ne cesse d'être surveillé par un regard
corrosif qui le détourne subtilement ou violemment de sa
destination, le pervertit, l'anéantit. Les « indolents » ne
sont séparés que par une métaphore, mais cela suffit à les
paralyser. « Mourons ensemble » dit le garçon, Tircis, qui
a des lettres. Dorimène, qui n'est pas plus sensible à la
poésie que ne le sera Mathilde Mauté, opte malheureusement pour le sens littéral et se moque de cette bizarrerie.
Cette importante divergence d'interprétation fait qu'ils
ajournent « une exquise mort » que d'autres appellent
« petite », provoquant ainsi le ricanement des silvains et du
poète-commentateur. Tircis, d'ailleurs n'est pas le seul,
parmi les amants des *Fêtes galantes*, à négliger de pousser
son avantage, et l'on dirait bien que la gaucherie, l'à-peu
près, l'équivoque, la parodie qui minent le discours
amoureux sont autant de figures parfaitement lisibles
d'une « indolence » généralisée que l'on pourrait appeler
inappétence. Le monologue caricatural de « Dans la
grotte », la déclaration désinvolte de « Lettre », les anti-
déclarations de « En patinant » vont, avec esprit, au-devant
de la défaite, au-devant, dirait-on, de cet étrange « Colloque sentimental » qui divise clairement les deux voix.
Mais si la deuxième voix est un bloc de négation, n'est-il
pas permis, dans ce contexte constamment ironique, de
s'interroger sur la valeur réelle de la parole nostalgique
qui pose imperturbablement des questions un peu
niaises? Serait-elle la seule, dans tout le recueil, à vouloir
à tout prix dialoguer, avec ses mots tout plats et ses
poncifs sentimentaux, ou avons-nous mal entendu, par
impuissance à nous dégager des conventions lyriques de
l'âge précédent, ces paroles destinées à la nuit?

Le tremblement du trait — l'équivoque — figure aussi

dans les *Fêtes galantes* une constante érotique qui, rêverie, nostalgie, tourbillon ou sourire, reste obstinément étrangère à l'assouvissement. Deux poèmes, « Les Ingénus » et « Colombine » le précisent plus crûment que les autres.

L'équivoque est thématisée dans le décor des « Ingénus » et dans les paroles mêmes : « soir équivoque d'automne » et « mots spécieux ». Les belles, plurielles, anonymes et probablement interchangeables, éludent les ardeurs de ces faux ingénus qui sont à l'affût de voluptés peu onéreuses n'exigeant de leurs partenaires aucune participation active. Dans un univers où rien n'est tout à fait ce qu'il a l'air d'être, où les paroles ont l'apparence de la vérité, mais sont annoncées comme fausses, les « ingénus » sont « dupes », mais, à leur manière, « comblés » par le regard. Le risque ou la chance de l'assouvissement sont écartés. Ce schéma érotique est repris exactement dans « Colombine », mais le poète, cette fois-ci, fait entendre, en coulisse, sa voix. Dans « Les Ingénus », le caractère ludique des jeunes amours permettait de rester au niveau du badinage. « Colombine » sous le masque des personnages de la *commedia dell'arte*, annonce — sous une forme, il est vrai, interrogative — le prix à payer :

> — Eux ils vont toujours !
> Fatidique cours
>   Des astres,
> Oh ! dis-moi vers quels
> Mornes ou cruels
>   Désastres
>
> L'implacable enfant
> Preste et relevant
>   Ses jupes
> La rose au chapeau
> Conduit son troupeau
>   De dupes ?

Insister, comme on le fait parfois, sur ce que le recueil a de superficiel et de léger, par opposition à un sentimentalisme romantique rejeté par Verlaine ne rend donc qu'imparfaitement compte de ce qui constitue la force unificatrice du livre.

Y voir des alternances de nostalgie et de gaîté n'est pas, non plus, pleinement satisfaisant. « Les Ingénus » et

« Colombine » n'appartiennent ni au tourbillon des fêtes ni à l'élégie des regrets. Ils proclament clairement, plus clairement que les autres poèmes et dans deux tonalités différentes, que les *Fêtes galantes* ne sont pas un hymne au plaisir, mais l'enfer souriant du désir inassouvi. Sans trémolos dans la voix, l'Éros verlainien est proprement tragique. Pour une fois, le futur « pauvre Lélian », qui passera une bonne partie de son existence à mendier indifféremment argent, respectabilité et commisération, ne met pas son cœur en écharpe. Cette tragédie du désir n'est pas affaire de sentiment, et le lecteur n'est pas invité à communier. Le mot « désespoir », qui paraît, à la fin de « En sourdine », sonner trop haut, a simple valeur de constatation : il n'est pas l'hyperbole de la tristesse, mais le témoin de la séparation, de la cassure inéluctable, la rampe de feu du théâtre érotique. C'est la manière qu'a la « vierge folle », avant de hurler et de se rouler par terre, de murmurer à voix très basse, que « nous ne sommes pas au monde [1] ».

Dans sa sécheresse, la juxtaposition de quelques dates a quelque chose à nous apprendre sur cette faille que le texte révèle. C'est le 20 février 1867 que *La Gazette rimée* publie les deux premières « fêtes galantes » : l'actuel poème liminaire et, sous le titre de « Trumeau », « Mandoline ». Un groupe de six poèmes paraît dans *L'Artiste* le premier janvier 1868. Il comprend les deux poèmes publiés dans *La Gazette rimée*, et porte le titre général de *Fêtes galantes*. Le premier juillet, sous le titre de *Nouvelles fêtes galantes*, *L'Artiste* donne encore six autres pièces, puis encore deux le premier mars 1869. A cette dernière date, le recueil est déjà imprimé, mais n'est pas encore en vente. Il sera annoncé dans *Le Journal de la librairie* le 10 juillet. Entre les deux séries de six poèmes publiés dans *L'Artiste*, le 6 mai, le tribunal correctionnel de Lille avait ordonné la destruction des *Amies, scènes d'amour saphique*, publiées fin 1867 par Poulet-Malassis, l'éditeur de Baudelaire.

Oublions un instant que *Les Fleurs du mal* ont failli, un temps, s'appeler *Les Lesbiennes*, et qu'il y a des Albertines

---

1. Voir notre préface aux *Poèmes saturniens*, Garnier-Flammarion, 1977.

qui sont des Alberts. Que ces poèmes soient les seuls où, à cette époque et pour ainsi dire dans les interstices des *Fêtes galantes*, s'exprime librement, hardiment, le bonheur de la chair, ses ivresses et ses tumultes ne paraît pas, dans ce contexte, sans intérêt. Le voyeurisme des « Ingénus » trouve, dans ces poèmes que Verlaine réimprimera en tête de *Parallèlement*, son plein épanouissement. L'exclusion, cette fois-ci, est radicale, l'impuissance à participer totalement, impudemment extériorisée.

A bas
Les pattes !

disait, dans « Colombine », « l'implacable enfant ». Paradis perdu, enfer entrevu, l'érotisme est séparation.

Le texte même des *Fêtes galantes*, si on le prend dans son ensemble, sans opposer l'une à l'autre telle ou telle catégorie de poèmes, est fait de plusieurs réseaux métaphoriques qui sont autant de figures de cet exil essentiel. Premier réseau, celui du passé. Non pas le « nevermore » des *Poèmes saturniens*, qui serait trop personnel, trop intériorisable (les deux seuls poèmes de ce type sont « Les Ingénus », qui disent « nous », et le « Colloque sentimental »), mais ce « jadis » un peu flou qui se nourrit d'archaïsmes et d'allusions disparates : grotte de coquillages et personnages de Mlle de Scudéry, rhétorique toute proche de la poésie baroque, atmosphère rococo de « l'Allée » ou de « Cortège », et toute cette tonalité XVIIIe siècle que le titre même impose.

Le second, c'est celui de la peinture.

Le manuscrit et l'édition pré-originale du célèbre « Clair de lune » (appelé, dans *La Gazette rimée*, « Fêtes galantes ») associaient explicitement le nom de Watteau au projet poétique. Ce qui est devenu l'inoubliable « Au calme clair de lune triste et beau » était alors un assez banal « clair de lune de Watteau ». Beaucoup plus tard, dans sa conférence faite à Anvers en 1893, Verlaine, influencé peut-être par tout ce qui avait déjà été écrit sur son œuvre, invoquera ces vers « costumés en personnages de la Comédie italienne et de féeries à la Watteau ». De là à faire de Watteau le grand inspirateur des *Fêtes galantes* il n'y a qu'un pas, vite franchi, l'unique problème étant d'établir de façon vraisemblable les cheminements. Rappelons simplement — car les légendes ont la vie dure — que la donation La Caze, qui comprenait des quantités de tableaux du XVIIIe siècle français, ne fut exposée au musée du Louvre que le 15 mars 1870. Restaient les collections permanentes : le seul « Embarquement pour Cythère », sept Boucher, trois Fragonard, quelques Lancret, un Pater.

Ces références picturales ont contribué à entretenir une certaine confusion qu'il importe de dissiper. Les poèmes de Verlaine ne sont pas, à proprement parler, des « transposition d'art », genre éphémère qui résout des difficultés spécifiques en appliquant des lois précises, la première étant de se donner explicitement pour ce qu'elle est, même si le tableau auquel elle feint de se référer n'existe que dans l'imagination du poète. Le « César Borgia » des *Poèmes saturniens* appartient à cette deuxième catégorie. Aucun poème des *Fêtes galantes*, même « L'Allée », même « Cortège », ne répond pleinement à ces normes. En réalité, que ce soit Watteau, ou Fragonard, ou Boucher, ou tel autre peintre moins prestigieux qui ait donné, un jour, le branle à l'imagination du poète, le rôle du pictural est analogue à celui que joue le dépaysement dans le temps. Dans cette pure aventure du langage que sont les *Fêtes galantes*, la peinture n'est pas un élément extérieur, mais un des champs métaphoriques par lesquels passe l'expression de la rupture, de la distance, qui sont constitutifs du recueil lui-même.

Il en va de même des images du masque.

Les personnages sont masqués, cachés. Le premier poème le dit : ce sont des « masques » qui hantent ce paysage. Ajoutons le masque des noms propres, Arlequin, Pierrot, Colombine, et le dernier complexe de métaphores, le plus varié peut-être, celui du théâtre : scènes, dialogues, pantomimes, échos de Shakespeare, comédie italienne... Tous ces réseaux métaphoriques d'ailleurs, renvoient à la même distance, à la même absence fondamentale. Ils en sont le fragile décor, « paysage choisi ».

Que la suppression du nom de Watteau, dans « Clair de lune », ait été ou non provoquée par un commentaire d'Anatole France, cette rature était, de la part du poète, un véritable coup de génie. Il suffit que disparaissent noms de peintres et allusions déchiffrables, soit à des œuvres données soit à des techniques, pour que le problème de l'artifice passe du plan de la thématique à celui de la stratégie stylistique. Le poème « Dans la grotte » représente un des exemples les plus extrêmes de ce passage d'un registre à l'autre, ou plutôt de l'inscription, dans l'écriture même, de cette distance artificieuse dont nous avons observé la thématisation. Distance créée, d'abord, par les archaïsmes du lexique, « céans », « au prix de vous » ou « glaive », mais aussi par les noms propres, qui ne renvoient pas à un seul texte, mais à un vague XVIIe siècle galant, celui de Mlle de Scudéry, de Théophile de Viau, ou, sur le mode burlesque, de Scarron. Très marquée aussi la métaphore, qui traîne chez tous les pétrarquisants (et pas seulement chez eux), des flèches lancées par l'œil de la belle, métaphore franchement parodique en raison, principalement, de la syntaxe. Mais à côté de ces signes immédiatement déchiffrables, il en est d'autres qui sont un peu moins évidents. Toute la déclaration d'amour est la mise en œuvre hyperbolique d'un certain nombre de poncifs de la poésie galante. La menace du premier vers

Là ! Je me tue à vos genoux

est ainsi modulée de strophe en strophe, à travers une série d'artifices burlesques, depuis le célèbre

Et la tigresse épouvantable d'Hyrcanie

dont l'insolence rythmique plaisait à Rimbaud, jusqu'à l' « agnelle » du vers suivant (variation burlesque du cliché : doux comme un agneau). Lexique, tropes et rythmes concourent à traduire sur le plan de l'expression ce qu'indiquait thématiquement le titre : la grotte est une grotte de rocaille, lieu des amours discrètes et création artificielle, dont la mode, lancée au XVIe siècle, dura environ deux cents ans. On trouvera le même type de rhétorique, la même parodie sentimentale, dans « Lettre », qui joue sans grande subtilité sur le contraste entre les hyperboles amoureuses les plus conventionnelles et le style familier, les effets rythmiques étant chargés de signaler la cassure du discours « poétique » :

> Éloigné de vos yeux, Madame, par des soins
> Impérieux (j'en prends tous les dieux à témoins),
> Je languis et me meurs, comme c'est ma coutume
> En pareil cas ....

C'est assez dire qu'il existe, dans ces *Fêtes galantes*, un burlesque purement verbal, dont l'hyperbole est un des moyens les plus efficaces, burlesque qui n'est pas une revendication en faveur d'un langage naturel, mais qui bien au contraire, fait le procès du langage expressif, rendant impossible le dialogue du « Colloque sentimental ».

Tragique... burlesque... N'est-ce pas là la double racine de ce « quasi triste » dont on a relevé, dans tout le recueil, de nombreuses manifestations ? Encore faut-il comprendre que cette dualité ne peut bien se saisir qu'au ras du texte, dans cette dissolution du rythme et du sens qui a tant frappé les contemporains de Verlaine, que scandalisait ce refus de communiquer. *La Bonne Chanson*, poème de la communication, mettra provisoirement fin à l'expérience.

La Chanson médiocre.

L'anecdote veut que Verlaine ait demandé la main de Mathilde Mauté, âgée de seize ans, après avoir fait à Arras la tournée des cafés et des estaminets et terminé sa soirée dans une « maison de femmes » (*Confessions*, II, 6). Nous savons aussi (mais ceci, Verlaine ne le raconte pas) que, quelques jours plus tôt il avait, par deux fois, tenté de tuer sa mère. Le Verlaine de *La Bonne Chanson* est donc, comme il le déclare dans une lettre à Léon Valade que nous croyons pouvoir dater des environs du 10 août 1869, un personnage « absolument étranger au bonhomme de [s]es dernières lettres », un bourgeois qui tente de se ranger, en renonçant «à toute griserie et à tout voyage phallique à Arras ». Pour passer du « désespoir » d'« En sourdine » à l'« l'illusion céleste » de *La Bonne Chanson*, il fallait évidemment qu'un nouveau personnage se substitue à l'autre : plus de « breuvages exécrés », plus de « poings crispés »; du « thé fumant », une promenade « la main dans la main », le texte le dit.

C'est là tout le problème de cette chanson : les déclarations d'amour ridicules, les hyperboles des *Fêtes galantes*, un genou en terre, la main sur le glaive en carton-pâte, il va falloir les écrire un ton au-dessous, en s'efforçant d'y croire et d'y faire croire. Il va falloir bavarder, ridiculement, comme si ni « Le Faune », ni « En sourdine », ni le « Colloque sentimental » n'avaient jamais été écrits. Il va falloir, littéralement, se renier.

Certes, Mathilde n'était peut-être pas une très bonne lectrice (encore qu'il ne faille pas prendre au pied de la lettre le passage des *Confessions*, selon lequel Mathilde aurait déclaré les vers des *Fêtes galantes* « trop... forts » pour elle : ces guillemets sont trop perfides pour mériter qu'on s'y arrête), et l'on peut supposer que Verlaine a voulu descendre à son niveau. S'il en était ainsi, ne serions-nous pas autorisés, purement et simplement, à l'y laisser ? Ces afféteries, ces ronds de jambes sous l'apparente simplicité, ce « devers » que Vaugelas trouvait déjà vieilli, ces « candeurs de cygne », ces extases sur le prénom « carlovingien » de la bien-aimée, cette utilisation de la poésie pour conquérir une oie blanche aux moindres frais ont quelque chose de dérisoire. Rien d'étonnant si la poésie se venge.

Le reniement poétique prend, dans *La Bonne Chanson*, la forme de la régression : finies ou à peu près les troublantes trouvailles, les rythmes serpentins, les heureuses ambiguïtés. Ce Verlaine-là a trop lu *Les Contemplations*, et l'on ne retrouve pas sans malaise, dans cette guimauve, la strophe des moins bonnes pièces des « Pauca meae », les anaphores à la Hugo, les descriptions qui ne sont que d'assez bons pastiches :

> L'on sort sans autre but que de sortir : on suit,
> Le long de la rivière aux vagues herbes jaunes,
> Un chemin de gazon que bordent de vieux aunes.

On dirait que Verlaine écrit pour M. Prudhomme.

La soif de respectabilité, cependant, n'explique pas tout, et l'on pourrait dire que ce retour sans vergogne à des formes discursives et à un intimisme à la Joseph Delorme correspond bizarrement à une des tentations auxquelles Verlaine ne cessera plus de succomber, la tentation prosaïque.

Hugo, Baudelaire, avaient, chacun selon sa pente, mis en question les impératifs du genre poétique en donnant droit de cité à des formes jugées alors comme indignes de la poésie. Le prosaïsme n'apparaissait plus comme appartenant à une essence autre, mais comme l'instrument d'une relation nouvelle dans le champ du poème. *La Bonne Chanson*, certes, ne se place pas sur un plan si élevé, et de telles comparaisons ne sont pas de mise. Il est impossible, cependant, d'éluder, au nom d'une conception normative plus ou moins explicite de l'excellence poétique, quelques questions fondamentales.

La Bonne Chanson se place en effet entre *Les Fêtes galantes* et les *Romances sans paroles* : séquence dans laquelle elle fait tache. Mais elle appartient aussi à ce que l'on pourrait appeler la séquence prosaïque où l'on trouverait, à un bout, le sonnet des *Poèmes saturniens* sur « Monsieur Prudhomme » et à l'autre bout une bonne moitié de l'œuvre tardive, avec, entre-temps, les pièces de l'*Album zutique*. Dans cette seconde perspective, *La Bonne Chanson* fait également tache, mais autrement : témoignage qui se veut sincère et non parodie, ce monument de chasteté contraste avec l'obscène et le scatologique des « Vieux Coppées ». Le métier, au demeurant, est le même. Certains vers de *La Bonne Chanson* :

> Les ouvriers allant au club, tout en fumant
> Leur brûle-gueule au nez des agents de police

pourraient sortir de l'*Album zutique*, et être signés Verlaine... ou Rimbaud. Que les « Vieux Coppées » soient un divertissement aux dépens d'un contemporain autrefois admiré, ou, comme le veut Jacques Borel, une contestation plus radicale (certains ont été écrits avant que Verlaine ne connaisse Rimbaud), la vigueur, dans l'œuvre poétique de Verlaine, de cette veine que l'on a appelée intimiste et que je nommerai prosaïste, fait problème. Disons que Verlaine a assez bien réussi à brouiller les cartes pour qu'il devienne à peu près impossible de faire le départ entre la poésie et sa mise en question dans ce qu'elle a de plus fondamental. C'est son ambiguïté suprême, et peut-être, historiquement, sa promesse. Tout ce qui, au XXe siècle, n'est pas exclusivement à l'écoute de Mallarmé a tiré de cette écriture un peu crue une leçon qui a parfois été salubre.

Musiques.

L'univers qu'évoque le titre de *Romances sans paroles* n'est ni celui de Watteau ni celui de Coppée, et bien que Verlaine ait interdit de prendre l'« Art poétique » de *Jadis et Naguère* pour un exposé doctrinal, le très mince recueil paru en 1874 semble annoncer l'avènement d'une poésie qui ne serait plus que musique. Faire passer la musique « avant toute chose » n'était pas d'ailleurs, aussi banal que nous tendons à le croire, et Brunetière s'étonna, dans un article de 1888, d'un changement de cap qui semblait mettre fin à la tyrannie du visible. Encore faut-il prendre garde de ne pas se décharger aveuglément sur un nouveau réseau de métaphores, de la difficulté qu'il y a à « fixer », comme le dira Rimbaud, « des vertiges ».

L'importance de la musique comme thème, et cela dès les *Fêtes galantes*, contribue à compliquer le problème, dans la mesure où elle fait, au même titre que les jets d'eau ou les allées bordées d'arbres, partie du décor. Les gammes de « Sur l'herbe » et de « Colombine », les guitares et les mandolines, les luths, le chant du rossignol, le « mode mineur » de « Clair de lune » ne font pas du poème une musique et ne jouent pas de rôle privilégié dans l'abolition des « paroles » à laquelle Verlaine, non sans provocation, semble vouloir arriver. Le passage d'une thématique musicale à une conception du poème comme chanson (c'est ainsi que Verlaine appelait, dans sa vieillesse, ses poèmes comme « La lune blanche... »), ou comme romance, avec ou sans paroles, ne va pas de soi.

Le recueil des *Romances sans paroles* est, malgré ses dimensions extrêmement modestes, trop composite pour mériter tout à fait son titre. Post-scriptum assez médiocre à *la Bonne Chanson*, la séquence intitulée « Birds in the night » n'est guère qu'un plaidoyer pleurnichard et roublard où s'étale l'écœurante habitude qu'a Verlaine de se justifier à tout prix. Restent une série assez mêlée (« Aquarelles ») et deux sections s'opposant nettement l'une à l'autre : les « Ariettes oubliées » où le titre et certains éléments thématiques nous ramènent à la musique, et les « Paysages belges » dont les références sont plutôt visuelles : c'est d'ailleurs la première ariette qui, dans l'édition pré-originale de mai 1872, porte — au singulier — le titre qui va devenir celui du recueil tout entier. Au reste, ce manque d'homogénéité ne suffit pas à mettre sérieusement en question le message du titre : en passant de *Fêtes galantes* à *Romances sans paroles*, on change de coordonnées.

Bien que la fin de la seconde ariette, qui s'appelait dans l'édition pré-originale « L'Escarpolette », puisse faire penser à Pater et à Fragonard, les jeux de l'espace théâtral, de l'espace pictural et de l'espace pseudo-historique ont maintenant fait place aux jeux du temps, à la saisie fugitive d'un présent trouble et ambigu, écrasé entre les « voix anciennes » et « l'aurore future ». La musicalité verlainienne est en grande partie ce miroir terne où viennent se prendre, alouettes fragiles, les sensations que l'on tuerait en les disant, les frôlements, les passages, tout ce qui n'est nulle part, et dont les espaces entre les vocables préservent la singularité ; elle est un rapport neuf entre les sonorités, et un rapport plus neuf encore entre les sons et les silences. Prolongeant l'expérience des *Fêtes galantes*, dans lesquelles il lui arrivait, au mépris de la syntaxe, de supprimer les virgules, et reprenant la pratique de l'anaphore qui caractérisait les meilleurs des *Poèmes saturniens*, Verlaine superpose à la grille assouplie de la syntaxe un puissant réseau de relations sonores dans lesquelles la « parole » finit par étouffer. N'est-elle pas à peu près « sans paroles », cette troisième « ariette », la plus lancinante, avec ses quelques sonorités sans fin répétées ? ou la septième, toute en répétitions quasi balbutiantes ? ou la cinquième, qui se termine sur une triple interrogation, mettant en question le *sens* et la finalité du « fin refrain incertain » qui s'annihile en se chantant ? Le tremblement du trait, les « déconcertements » et les « hérésies de versification » dont parle Verlaine dans une lettre à Lepelletier sont avant tout des figures de l'épuisement du sens et, à la limite, de sa vacance.

C'est pourquoi ces poèmes sont aussi peu autobiographiques que les sonnets de Mallarmé, et l'on aurait grand tort de s'interroger sur la réalité ou sur la cohérence de tel ou tel épisode dont les ariettes seraient la traduction étrangement versifiée. La vacance du sens implique la disparition de tout récit ordonné selon l'ordonnance du vécu. Les gloses anecdotiques mordent mal sur ce texte. Que Verlaine ait cherché à les utiliser, après coup, comme témoignage « en faveur de [s]a parfaite amour pour le sesque » (lettre à Lepelletier du 23 mai 1873) n'est pas une raison suffisante pour que nous lui emboîtions le pas, cherchant partout des travestis ou des frasques hétéro-sexuelles non répertoriées. Les « deux pleureuses » de la quatrième ariette ont suscité trop de commentaires étonnés ou grivois, détournant inutilement l'attention de la mélodie fragile, qui n'est éprise que d'elle-même. S'il fallait, de ce décrochage de l'anecdote, une preuve plus positive, on pourrait la trouver dans la neuvième ariette, la dernière, qui se présente sans aucune ambiguïté comme une *variation*, au sens musical du terme, sur un thème de Cyrano de Bergerac cité en épigraphe, variation dans laquelle le vers de onze syllabes, relayé par des heptasyllabes tout à fait traditionnels, apparaît comme un miroir liquide où se reflètent, légèrement déformés, des alexandrins.

Les « Paysages belges » mettent en œuvre d'autres sortilèges prosodiques — le vers court y domine — et des ressources syntaxiques assez différentes. La première des « ariettes oubliées » montrait peut-être le chemin, par la manière dont étaient juxtaposées, sans liaison syntaxique ou logique, une série de propositions introduites par : *c'est*. Les « il y a » d'Apollinaire, dans leur sécheresse et leur incongruité, ne seront que la systématisation de cette formule. Fondamentalement, les « Paysages belges » sont aussi des poèmes de la constatation, dans lesquels Verlaine fait l'économie du verbe introductif. Le poème se construit par petites touches, sans que Verlaine ait jamais l'air de rechercher un effet d'ensemble, sans que s'impose, à la fin du poème, une cadence parfaite. « Walcourt » est une série de phrases nominales. « Charleroi » procède par minuscules unités syntaxiques, séparées par des interrogations maladroites et vides de sens, que l'on pourrait assimiler à des silences : « Quoi donc se sent ? »; « On sent donc quoi ? »; « Qu'est-ce que c'est ? » La continuité phonique ou anaphorique qui régnait dans les « ariettes » est remplacée par une discontinuité savante, hors de la présence d'un « je » unificateur. On oublie, devant cette fragmentation qu'il y a eu un style périodique et une manière *poétique* de respirer qui dilatait la poitrine. On oublie que Hugo avait inventé une « poésie ininterrompue » qui se confondait presque avec les renflements et les retombées de la houle verbale. Avec les *Romances sans paroles*, la poésie apprend à chuchoter.

S'il est vrai qu'en tordant le cou à l'éloquence Verlaine est bien près de tordre le cou au sens, il n'en faudrait pas conclure que les mots ne sont que des objets de jouissance sonore, hors de tout dessein. Aussi fortement thématisé que soit le silence, ou le vide de la signification, le poème cesserait d'être s'il cessait de parler, et d'épouser une courbe saisissable qui est véritablement le *sens*. Inlassablement, le poème devra parcourir cette courbe, découvrir ce silence, s'anéantir en lui. La « maligne syrinx » du faune mallarméen était à ses yeux l'« instrument des fuites ». Telle est aussi, dans ses meilleurs moments, la parole de Verlaine : non pas la fuite des nymphes ou des rêves, mais celle du monde lui-même. Tout, par elle, fuit sous le regard, tout s'efface, et la parole même, qui va mourir contre la fenêtre, ne laissant qu'une trace que nous appelons un poème.

Il faut, disait l'épigraphe supprimée de la deuxième ariette, obéir à la nuit noire : πειθώμεθα νυκτὶ μελαίνη. A la fin de la sixième ariette, sous l'œil narquois de François-les-bas-bleus, tout ce qui s'agite et pérore dans le décor de la rue est brusquement écarté :

> Arrière, robin crotté ! place,
> Petit courtaud, petit abbé,
> Petit poète jamais las
> De la rime non attrapée !
>
> Voici que la nuit vraie arrive...

Cette « nuit vraie » qui monte, submerge les formes, anéantit le théâtre des ombres « quasi tristes », on pourrait l'appeler la mort, ou l'extase. On pourrait aussi voir en elle la métaphore ultime du silence. Verlaine, lorsqu'il fait imprimer les *Romances sans paroles* n'a pas renoncé à la parole. Mais il ne retrouvera jamais plus l'extraordinaire qualité de cette chanson en sourdine.

Dans son admirable essai sur Verlaine, Octave Nadal a parlé avec beaucoup de bonheur des interférences poétiques entre Verlaine et Rimbaud. Jacques Borel, à son tour, a essayé d'y voir clair, et est arrivé à des conclusions mesurées. La tâche est quasiment impossible, car la juxtaposition des textes est une manière approximative de saisir ce qui exalte ou illumine une œuvre et nous n'avons rien d'autre à notre disposition que ce procédé mécanique. Les deux œuvres sont, à cette époque, très imbriquées mais les tempéraments très opposés. N'oublions pas, cependant, que Verlaine désirait que les *Romances sans paroles* fussent dédiées à Rimbaud.

L'œuvre critique de Verlaine comporte un certain nombre de textes sur Rimbaud. Ils sont trop tardifs pour que nous puissions espérer y trouver des réponses à nos questions. Verlaine, d'ailleurs, avait sa petite vanité d'auteur, et son image à défendre. D'où un grand nombre de silences et de déformations patentes de la vérité. Mais ces textes irritants sont parmi les témoignages les plus précieux qui nous restent sur celui qui a supplanté Verlaine dans l'imagination de nos contemporains. Avant d'être un « Homais » ou le « philomathe », Rimbaud a été pour son aîné envoûté un ange noir. Ces proses souvent alimentaires ont gardé quelque chose de l'éblouissement initial. Il nous a paru utile d'ajouter, en annexe, quelques documents qui permettent de suivre l'itinéraire commun aux deux poètes, leurs enthousiasmes, leurs difficultés. Il ne s'agit pas, naturellement, d'instruire à nouveau le procès Verlaine-Rimbaud et le procès Verlaine-Mathilde, mais de mieux éclairer le personnage double, qui n'a jamais cessé de vivre dans l'ambiguïté, et qui n'a pas encore, à cette époque, conceptualisé sa dualité. Il n'apprendra que trop vite le petit jeu de l'alternance, avec *Sagesse* et *Parallèlement*, *Liturgies intimes* et *Chansons pour elle*. Odieux, hypocrite, ce Verlaine des années 1871-1873 est aussi l'auteur des *Romances sans paroles*.

Jean GAUDON

NOTICE BIBLIOGRAPHIQUE

TEXTES

1. *Fêtes galantes*. Première édition chez Lemerre (achevé d'imprimer, 20 février 1869; *Journal de la librairie*, 10 juillet 1869), réédition chez Vanier en 1886, puis en 1891. Jacques-Henry Bornecque en a publié, chez Nizet, une édition critique sous le titre : *Lumières sur les* Fêtes galantes *de Paul Verlaine* (édition augmentée, 1969). Nous avons reproduit, ici comme ailleurs, le texte de l'excellente édition des *Œuvres poétiques* procurée par Jacques Robichez, Garnier, s.d. [1969, réimp. 1974], qui suit, avec quelques corrections « inévitables », le texte de l'édition originale. On pourra se référer également à l'édition des *Œuvres poétiques complètes*, texte établi et annoté par Y.-G. Le Dantec, édition revue, complétée et présentéepar Jacques Borel, N.R.F., *Bibliothèque de la Pléiade*, s.d. [1962].

2. *La Bonne Chanson*. Première édition chez Lemerre (achevé d'imprimer, 12 juin 1870; *Journal de la librairie*, 3 décembre 1870), réédition chez Vanier en 1891.

3. *Romances sans paroles*. Première édition à Sens, en 1874, sans achevé d'imprimer (Verlaine, de sa prison, remercie Lepelletier de l'envoi du volume le 27 mars 1874). Réimpression chez Vanier, en 1887, puis en 1891. Jacques Robichez reproduit le texte de l'édition de 1887 avec quelques corrections considérées comme indispensables.

4. « Écrits sur Rimbaud. » Nous avons reproduit dans tous les cas le texte des premières éditions. On se reportera avec profit à l'excellente édition des *Œuvres en prose* procurée par Jacques Borel (Gallimard, *Bibliothèque de la Pléiade*, s.d. [1972]).

a) *Les Poètes maudits*. Pré-originale dans *Lutèce* (du 5 octobre au 17 novembre 1882). Repris dans *Les Poètes maudits* (Vanier, 1884, nouvelle édition, 1888).

b) *Avertissement*. Texte complet dans *Lutèce* (29 mars 1884). Reproduit dans l'édition des *Poètes maudits* de 1884, mais omis en 1888.

c) *Préface pour la première édition des « Illuminations »*, éd. de *La Vogue*, 1886.

d) *Arthur Rimbaud « 1884 »*. Fascicule n° 318 de la série *Les Hommes d'aujourd'hui* (bon à tirer, 17 janvier 1888).

e) *Arthur Rimbaud*. Ce texte, publié par Jules Mouquet dans son *Rimbaud raconté par Paul Verlaine*, n'a pas été retrouvé. Il daterait de février 1892.

f) *Préface. Arthur Rimbaud. Ses poésies complètes*, éd. Vanier, 1895 (octobre). Le texte de Verlaine avait été envoyé le 29 août.

g) *Arthur Rimbaud*. Publié en anglais dans *The Senate*, octobre 1895. Nous suivons ici la version donnée par Van Bever en 1923 comme « corrigée et améliorée de la main de l'auteur ».

h) *Nouvelles notes. Sur Rimbaud*. Paru dans *La Plume*, 15-30 novembre 1895.

i) *Arthur Rimbaud, Chronique*, publié dans *Les Beaux-Arts*, le 1er décembre 1895.

5. *Correspondance*, publiée en 3 volumes par Ad. Van Bever, chez Messein, 1922-1929.

ÉTUDES

Outre les introductions et les notes des éditions citées ci-dessus, on pourra consulter :

ADAM (Antoine), *Le Vrai Verlaine*, Droz, 1936.
— *Verlaine*, Coll. *Connaissance des Lettres*, Hatier, 1953 (plusieurs rééditions).

BORNECQUE (Jacques-Henry), *Verlaine par lui-même*, Seuil, 1966.

CUÉNOT (Claude), *État présent des études verlainiennes*, Belles-Lettres, 1938.
— « Nouvel état présent des études verlainiennes », *L'Information littéraire*, sept.-oct. 1956.
— *Le Style de Paul Verlaine*, C.D.U., 1962.
— *Europe*, numéro spécial sur Verlaine, sept.-oct. 1974.

MOUQUET (Jules), *Rimbaud raconté par Paul Verlaine*, Mercure de France, 1934.

NADAL (Octave), *Paul Verlaine*, Mercure de France, 1951.

PEYRE (Henri), *Rimbaud vu par Verlaine*, Nizet, 1975.

PORCHÉ (François), *Verlaine tel qu'il fut*, Flammarion, 1933.

RICHARD (Jean-Paul), « Fadeur de Verlaine », in *Poésie et Profondeur*, Éd. du Seuil, 1955.

RICHER (Jean), *Paul Verlaine*, Coll. *Poètes d'aujourd'hui*, Seghers, éd. refondue 1960.

UNDERWOOD (V. P.), *Verlaine et l'Angleterre*, Nizet, 1956.

ZAYED (Georges), *La Formation littéraire de Verlaine*, 2e éd., Nizet, 1970. [Cet ouvrage comporte une bonne bibliographie.]

ZIMMERMANN (Éléonore M.), *Magies de Verlaine*, Corti, 1967.

FÊTES GALANTES

FÊTES GALANTES

CLAIR DE LUNE [1]

Votre âme est un paysage choisi
Que vont charmant masques et bergamasques
Jouant du luth et dansant et quasi
4   Tristes sous leurs déguisements fantasques.

Tout en chantant sur le mode mineur
L'amour vainqueur et la vie opportune,
Ils n'ont pas l'air de croire à leur bonheur
8   Et leur chanson se mêle au clair de lune,

Au calme clair de lune triste et beau [2]
Qui fait rêver les oiseaux dans les arbres
Et sangloter d'extase les jets d'eau,
12   Les grands jets d'eau sveltes parmi les marbres.

PANTOMIME

Pierrot qui n'a rien d'un Clitandre
Vide un flacon sans plus attendre,
3   Et, pratique, entame un pâté.

Cassandre, au fond de l'avenue,
Verse une larme méconnue
6   Sur son neveu déshérité.

Ce faquin d'Arlequin combine
L'enlèvement de Colombine
Et pirouette quatre fois.

9

Colombine rêve, surprise
De sentir un cœur dans la brise
Et d'entendre en son cœur des voix.

12

SUR L'HERBE

— L'abbé divague. — Et toi, marquis,
Tu mets de travers ta perruque.
— Ce vieux vin de Chypre est exquis
Moins, Camargo [3] que votre nuque.

4

— Ma flamme... — Do, mi, sol, la si.
— L'abbé, ta noirceur se dévoile.
— Que je meure, mesdames, si
Je ne vous décroche une étoile!

8

— Je voudrais être petit chien!
— Embrassons nos bergères [4], l'une
Après l'autre. — Messieurs! eh bien?
— Do, mi, sol. — Hé! bonsoir, la Lune!

12

L'ALLÉE

Fardée et peinte comme au temps des bergeries,
Frêle parmi les nœuds énormes de rubans,
Elle passe, sous les ramures assombries,
Dans l'allée où verdit la mousse des vieux bancs,
Avec mille façons et mille afféteries
Qu'on garde d'ordinaire aux perruches chéries.
Sa longue robe à queue est bleue, et l'éventail
Qu'elle froisse en ses doigts fluets aux larges bagues
S'égaie en des sujets érotiques, si vagues
Qu'elle sourit, tout en rêvant, à maint détail.
— Blonde, en somme. Le nez mignon avec la bouche
Incarnadine, grasse et divine d'orgueil

4

8

12

Inconscient. — D'ailleurs, plus fine que la mouche
Qui ravive l'éclat un peu niais de l'œil.

A LA PROMENADE

Le ciel si pâle et les arbres si grêles
Semblent sourire à nos costumes clairs
Qui vont flottant légers, avec des airs
4   De nonchalance et des mouvements d'ailes.

Et le vent doux ride l'humble bassin,
Et la lueur du soleil qu'atténue
L'ombre des bas tilleuls de l'avenue
8   Nous parvient bleue et mourante à dessein.

Trompeurs exquis et coquettes charmantes,
Cœurs tendres, mais affranchis du serment,
Nous devisons délicieusement,
12   Et les amants lutinent les amantes,

De qui la main imperceptible sait
Parfois donner un soufflet, qu'on échange
Contre un baiser sur l'extrême phalange
16   Du petit doigt, et comme la chose est

Immensément excessive et farouche,
On est puni par un regard très sec,
Lequel contraste, au demeurant, avec [5]
20   La moue assez clémente de la bouche.

DANS LA GROTTE

Là! je me tue à vos genoux!
Car ma détresse est infinie,
Et la tigresse épouvantable d'Hyrcanie
4   Est une agnelle au prix de vous.

Oui, céans, cruelle Clymène,
Ce glaive qui, dans maints combats,

Mit tant de Scipions et de Cyrus à bas,
8   Va finir ma vie et ma peine !

Ai-je même besoin de lui
Pour descendre aux Champs-Élysées ?
Amour perça-t-il pas de flèches aiguisées
12   Mon cœur, dès que votre œil m'eut lui ?

LES INGÉNUS

Les hauts talons luttaient avec les longues jupes,
En sorte que, selon le terrain et le vent,
Parfois luisaient des bas de jambe, trop souvent
4 Interceptés ! — et nous aimions ce jeu de dupes.

Parfois aussi le dard d'un insecte jaloux
Inquiétait le col des belles sous les branches,
Et c'étaient des éclairs soudains de nuques blanches,
8 Et ce régal comblait nos jeunes yeux de fous.

Le soir tombait, un soir équivoque d'automne :
Les belles, se pendant rêveuses à nos bras,
Dirent alors des mots si spécieux, tout bas,
12 Que notre âme, depuis ce temps, tremble et s'étonne [6],

CORTÈGE

Un singe en veste de brocart
Trotte et gambade devant elle
Qui froisse un mouchoir de dentelle
4   Dans sa main gantée avec art,

Tandis qu'un négrillon tout rouge
Maintient à tour de bras les pans
De sa lourde robe en suspens,
8   Attentif à tout pli qui bouge ;

Le singe ne perd pas des yeux
La gorge blanche de la dame,

Opulent trésor que réclame
Le torse nu de l'un des dieux;

Le négrillon parfois soulève
Plus haut qu'il ne faut, l'aigrefin,
Son fardeau somptueux, afin
De voir ce dont la nuit il rêve;

Elle va par les escaliers,
Et ne paraît pas davantage
Sensible à l'insolent suffrage
De ses animaux familiers.

LES COQUILLAGES

Chaque coquillage incrusté
Dans la grotte où nous nous aimâmes
A sa particularité.

L'un a la pourpre de nos âmes
Dérobée au sang de nos cœurs
Quand je brûle et que tu t'enflammes [7];

Cet autre affecte tes langueurs
Et tes pâleurs alors que, lasse,
Tu m'en veux de mes yeux moqueurs;

Celui-ci contrefait la grâce
De ton oreille, et celui-là
Ta nuque rose, courte et grasse;

Mais un, entre autres, me troubla.

EN PATINANT

Nous fûmes dupes, vous et moi,
De manigances mutuelles,
Madame, à cause de l'émoi
Dont l'Été férut nos cervelles.

Le Printemps avait bien un peu
Contribué, si ma mémoire
Est bonne, à brouiller notre jeu,
Mais que d'une façon moins noire !

Car au printemps l'air est si frais
Qu'en somme les roses naissantes
Qu'Amour semble entr'ouvrir exprès
Ont des senteurs presque innocentes ;

Et même les lilas ont beau
Pousser leur haleine poivrée
Dans l'ardeur du soleil nouveau :
Cet excitant au plus récrée,

Tant le zéphir souffle, moqueur,
Dispersant l'aphrodisiaque
Effluve, en sorte que le cœur
Chôme et que même l'esprit vaque,

Et qu'émoustillés, les cinq sens
Se mettent alors de la fête,
Mais seuls, tout seuls, bien seuls et sans
Que la crise monte à la tête.

Ce fut le temps, sous de clairs ciels,
(Vous en souvenez-vous, Madame ?)
Des baisers superficiels
Et des sentiments à fleur d'âme.

Exempts de folles passions,
Pleins d'une bienveillance amène,
Comme tous deux nous jouissions
Sans enthousiasme — et sans peine !

Heureux instants ! — mais vint l'Été :
Adieu, rafraîchissantes brises !
Un vent de lourde volupté
Investit nos âmes surprises.

Des fleurs aux calices vermeils
Nous lancèrent leurs odeurs mûres,

Et partout les mauvais conseils
40   Tombèrent sur nous des ramures.

Nous cédâmes à tout cela,
Et ce fut un bien ridicule
Vertigo qui nous affola
44   Tant que dura la canicule.

Rires oiseux, pleurs sans raisons,
Mains indéfiniment pressées,
Tristesses moites, pâmoisons,
48   Et quel vague dans les pensées!

L'Automne, heureusement, avec
Son jour froid et ses bises rudes,
Vint nous corriger, bref et sec,
52   De nos mauvaises habitudes,

Et nous induisit brusquement
En l'élégance réclamée
De tout irréprochable amant,
56   Comme de toute digne aimée...

Or c'est l'Hiver, Madame, et nos
Parieurs tremblent pour leur bourse,
Et déjà les autres traîneaux
60   Osent nous disputer la course.

Les deux mains dans votre manchon,
Tenez-vous bien sur la banquette
Et filons! — et bientôt Fanchon
64   Nous fleurira — quoi qu'on caquette!

FANTOCHES

Scaramouche et Pulcinella
Qu'un mauvais dessein rassembla
3   Gesticulent, noirs sur la lune.

Cependant l'excellent docteur
Bolonais cueille avec lenteur
Des simples parmi l'herbe brune.

Lors sa fille, piquant minois,
Sous la charmille, en tapinois,
Se glisse demi-nue, en quête

De son beau pirate espagnol
Dont un langoureux rossignol
Clame la détresse à tue-tête.

CYTHÈRE

Un pavillon à claires-voies
Abrite doucement nos joies
Qu'éventent des rosiers amis ;

L'odeur des roses, faible, grâce
Au vent léger d'été qui passe,
Se mêle aux parfums qu'elle a mis ;

Comme ses yeux l'avaient promis
Son courage est grand et sa lèvre
Communique une exquise fièvre ;

Et, l'Amour comblant tout, hormis
La faim, sorbets et confitures
Nous préservent des courbatures.

EN BATEAU

L'étoile du berger tremblote
Dans l'eau plus noire, et le pilote
Cherche un briquet dans sa culotte.

C'est l'instant, Messieurs, ou jamais,
D'être audacieux, et je mets
Mes deux mains partout désormais !

Le chevalier Atys, qui gratte
Sa guitare, à Chloris l'ingrate
9   Lance une œillade scélérate.

L'abbé confesse bas Églé
Et ce vicomte déréglé,
12   Des champs donne à son cœur la clé.

Cependant la lune se lève
Et l'esquif en sa course brève
15   File gaîment sur l'eau qui rêve.

LE FAUNE

Un vieux faune de terre cuite
Rit au centre des boulingrins,
Présageant sans doute une suite
4   Mauvaise à ces instants sereins

Qui m'ont conduit et t'ont conduite,
Mélancoliques pèlerins,
Jusqu'à cette heure dont la fuite
8   Tournoie au son des tambourins.

MANDOLINE [8]

Les donneurs de sérénades
Et les belles écouteuses
Échangent des propos fades
4   Sous les ramures chanteuses.

C'est Tircis et c'est Aminte,
Et c'est l'éternel Clitandre,
Et c'est Damis qui pour mainte
8   Cruelle fait maint vers tendre.

Leurs courtes vestes de soie,
Leurs longues robes à queues,

Leur élégance, leur joie
Et leus molles ombres bleues

Tourbillonnent dans l'extase
D'une lune rose et grise,
Et la mandoline jase
Parmi les frissons de brise.

A CLYMÈNE

Mystiques barcarolles,
Romances sans paroles,
Chère, puisque tes yeux,
        Couleur des cieux,

Puisque ta voix, étrange
Vision qui dérange
Et trouble l'horizon
        De ma raison,

Puisque l'arome insigne
De ta pâleur de cygne,
Et puisque la candeur
        De ton odeur,

Ah! puisque tout ton être,
Musique qui pénètre,
Nimbes d'anges défunts,
        Tons et parfums,

A, sur d'almes cadences,
En ses correspondances
Induit mon cœur subtil,
        Ainsi soit-il!

LETTRE

Éloigné de vos yeux, Madame, par des soins
Impérieux (j'en prends tous les dieux à témoins),

Je languis et me meurs, comme c'est ma coutume
4 En pareil cas, et vais, le cœur plein d'amertume,
  A travers des soucis où votre ombre me suit,
  Le jour dans mes pensers, dans mes rêves la nuit,
  Et la nuit et le jour adorable, Madame!
8 Si bien qu'enfin, mon corps faisant place à mon âme,
  Je deviendrai fantôme à mon tour aussi, moi,
  Et qu'alors, et parmi le lamentable émoi
  Des enlacements vains et des désirs sans nombre,
12 Mon ombre se fondra pour jamais en votre ombre.

En attendant, je suis, très chère, ton valet,

Tout se comporte-t-il là-bas comme il te plaît,
  Ta perruche, ton chat, ton chien ? La compagnie
16 Est-elle toujours belle, et cette Silvanie
  Dont j'eusse aimé l'œil noir si le tien n'était bleu,
  Et qui parfois me fit des signes, palsambleu!
  Te sert-elle toujours de douce confidente ?

20 Or, Madame, un projet impatient me hante
  De conquérir le monde et tous ses trésors pour
  Mettre à vos pieds ce gage — indigne — d'un amour
  Égal à toutes les flammes les plus célèbres
24 Qui des grands cœurs aient fait resplendir les ténèbres.
  Cléopâtre fut moins aimée, oui, sur ma foi!
  Par Marc-Antoine et par César que vous par moi,
  N'en doutez pas, Madame, et je saurai combattre
28 Comme César pour un sourire, ô Cléopâtre,
  Et comme Antoine fuir au seul prix d'un baiser.

Sur ce, très chère, adieu. Car voilà trop causer,
  Et le temps que l'on perd à lire une missive
32 N'aura jamais valu la peine qu'on l'écrive.

LES INDOLENTS

  — « Bah! malgré les destins jaloux,
  Mourons ensemble, voulez-vous ?
3   — La proposition est rare.

— Le rare est le bon. Donc mourons
Comme dans les Décamérons.
6 — Hi! hi! hi! quel amant bizarre!

— Bizarre, je ne sais. Amant
Irréprochable, assurément.
9 Si vous voulez, mourons ensemble?

— Monsieur, vous raillez mieux encor
Que vous n'aimez, et parlez d'or;
12 Mais taisons-nous, si bon vous semble? »

Si bien que ce soir-là Tircis
Et Dorimène, à deux assis
15 Non loin de deux silvains hilares,

Eurent l'inexpiable tort
D'ajourner une exquise mort.
18 Hi! hi! hi! les amants bizarres.

COLOMBINE

Léandre le sot,
Pierrot qui d'un saut
3   De puce
Franchit le buisson,
Cassandre sous son
6   Capuce,

Arlequin aussi,
Cet aigrefin si
9   Fantasque
Aux costumes fous,
Ses yeux luisant sous
12   Son masque,

— Do, mi, sol, mi, fa, —
Tout ce monde va,
15   Rit, chante

Et danse devant
Une belle enfant
18   Méchante

Dont les yeux pervers
Comme les yeux verts
21   Des chattes
Gardent ses appas
Et disent : « A bas
24   Les pattes ! »

— Eux ils vont toujours ! —
Fatidique cours
27   Des astres,
Oh ! dis-moi vers quels
Mornes ou cruels
30   Désastres

L'implacable enfant,
Preste et relevant
33   Ses jupes,
La rose au chapeau,
Conduit son troupeau
36   De dupes ?

L'AMOUR PAR TERRE

Le vent de l'autre nuit a jeté bas l'Amour
Qui, dans le coin le plus mystérieux du parc,
Souriait en bandant malignement son arc,
4 Et dont l'aspect nous fit tant songer tout un jour !

Le vent de l'autre nuit l'a jeté bas ! Le marbre
Au souffle du matin tournoie, épars. C'est triste
De voir le piédestal, où le nom de l'artiste
8 Se lit péniblement parmi l'ombre d'un arbre,

Oh ! c'est triste de voir debout le piédestal
Tout seul ! Et des pensers mélancoliques vont
Et viennent dans mon rêve où le chagrin profond
12 Évoque un avenir solitaire et fatal.

Oh! c'est triste! — Et toi-même, est-ce pas ? es touchée
D'un si dolent tableau, bien que ton œil frivole
S'amuse au papillon de pourpre et d'or qui vole
16 Au-dessus des débris dont l'allée est jonchée.

EN SOURDINE

Calmes dans le demi-jour
Que les branches hautes font,
Pénétrons bien notre amour
4   De ce silence profond.

Fondons nos âmes, nos cœurs
Et nos sens extasiés,
Parmi les vagues langueurs
8   Des pins et des arbousiers.

Ferme tes yeux à demi,
Croise tes bras sur ton sein,
Et de ton cœur endormi
12   Chasse à jamais tout dessein.

Laissons-nous persuader
Au souffle berceur et doux,
Qui vient à tes pieds rider
16   Les ondes de gazon roux.

Et quand, solennel, le soir
Des chênes noirs tombera,
Voix de notre désespoir,
20   Le rossignol chantera.

COLLOQUE SENTIMENTAL

Dans le vieux parc solitaire et glacé,
2   Deux formes ont tout à l'heure passé.

Leurs yeux sont morts et leurs lèvres sont molles,
4   Et l'on entend à peine leurs paroles.

Dans le vieux parc solitaire et glacé,
6 Deux spectres ont évoqué le passé.

— Te souvient-il de notre extase ancienne ?
8 — Pourquoi voulez-vous donc qu'il m'en souvienne ?

— Ton cœur bat-il toujours à mon seul nom ?
10 Toujours vois-tu mon âme en rêve ? — Non.

— Ah ! les beaux jours de bonheur indicible
12 Où nous joignions nos bouches ! — C'est possible.

— Qu'il était bleu, le ciel, et grand, l'espoir !
14 — L'espoir a fui, vaincu, vers le ciel noir.

Tels ils marchaient dans les avoines folles,
16 Et la nuit seule entendit leurs paroles.

LA BONNE CHANSON

LA BONNE CHANSON

I

Le soleil du matin doucement chauffe et dore
Les seigles et les blés tout humides encore,
Et l'azur a gardé sa fraîcheur de la nuit.
4 L'on sort sans autre but que de sortir; on suit,
Le long de la rivière aux vagues herbes jaunes,
Un chemin de gazon que bordent de vieux aunes.
L'air est vif. Par moment un oiseau vole avec
8 Quelque fruit de la haie ou quelque paille au bec,
Et son reflet dans l'eau survit à son passage.
C'est tout.   Mais le songeur aime ce paysage
Dont la claire douceur a soudain caressé
12 Son rêve de bonheur adorable, et bercé
Le souvenir charmant de cette jeune fille,
Blanche apparition qui chante et qui scintille,
Dont rêve le poète et que l'homme chérit,
16 Évoquant en ses vœux dont peut-être on sourit
La Compagne qu'enfin il a trouvée, et l'âme
Que son âme depuis toujours pleure et réclame.

II

Toute grâce et toutes nuances
Dans l'éclat doux de ses seize ans,
Elle a la candeur des enfances
4 Et les manèges innocents.

Ses yeux, qui sont les yeux d'un ange,
Savent pourtant, sans y penser,
Éveiller le désir étrange
D'un immatériel baiser.

Et sa main, à ce point petite
Qu'un oiseau-mouche n'y tiendrait,
Captive, sans espoir de fuite,
Le cœur pris par elle en secret.

L'intelligence vient chez elle
En aide à l'âme noble; elle est
Pure autant que spirituelle :
Ce qu'elle a dit, il le fallait!

Et si la sottise l'amuse
Et la fait rire sans pitié,
Elle serait, étant la muse,
Clémente jusqu'à l'amitié,

Jusqu'à l'amour — qui sait ? peut-être,
A l'égard d'un poète épris
Qui mendierait sous sa fenêtre,
L'audacieux! un digne prix

De sa chanson bonne ou mauvaise!
Mais témoignant sincèrement,
Sans fausse note et sans fadaise,
Du doux mal qu'on souffre en aimant.

III

En robe grise et verte avec des ruches,
Un jour de juin que j'étais soucieux,
Elle apparut souriante à mes yeux
Qui l'admiraient sans redouter d'embûches;

Elle alla, vint, revint, s'assit, parla,
Légère et grave, ironique, attendrie :
Et je sentais en mon âme assombrie
Comme un joyeux reflet de tout cela;

Sa voix, étant de la musique fine,
Accompagnait délicieusement
L'esprit sans fiel de son babil charmant
12 Où la gaîté d'un cœur bon se devine.

Aussi soudain fus-je, après le semblant
D'une révolte aussitôt étouffée,
Au plein pouvoir de la petite Fée
16 Que depuis lors je supplie en tremblant.

                          IV

Puisque l'aube grandit, puisque voici l'aurore,
Puisque, après m'avoir fui longtemps, l'espoir veut bien
Revoler devers moi qui l'appelle et l'implore,
4 Puisque tout ce bonheur veut bien être le mien,

C'en est fait à présent des funestes pensées,
C'en est fait des mauvais rêves, ah! c'en est fait
Surtout de l'ironie et des lèvres pincées
8 Et des mots où l'esprit sans l'âme triomphait.

Arrière aussi les poings crispés et la colère
A propos des méchants et des sots rencontrés;
Arrière la rancune abominable! arrière
12 L'oubli qu'on cherche en des breuvages exécrés!

Car je veux, maintenant qu'un Être de lumière
A dans ma nuit profonde émis cette clarté
D'une amour à la fois immortelle et première,
16 De par la grâce, le sourire et la bonté,

Je veux, guidé par vous, beaux yeux aux flammes douces,
Par toi conduit, ô main où tremblera ma main,
Marcher droit, que ce soit par des sentiers de mousses
20 Ou que rocs et cailloux encombrent le chemin;

Oui, je veux marcher droit et calme dans la Vie,
Vers le but où le sort dirigera mes pas,
Sans violence, sans remords et sans envie :
24 Ce sera le devoir heureux aux gais combats.

Et comme, pour bercer les lenteurs de la route,
Je chanterai des airs ingénus, je me dis
Qu'elle m'écoutera sans déplaisir sans doute;
28 Et vraiment je ne veux pas d'autre Paradis.

V

Avant que tu ne t'en ailles,
Pâle étoile du matin,
   — Mille cailles
4   Chantent, chantent dans le thym. —

Tourne devers le poète,
Dont les yeux sont pleins d'amour;
   — L'alouette
8   Monte au ciel avec le jour. —

Tourne ton regard que noie
L'aurore dans son azur;
   — Quelle joie
12   Parmi les champs de blé mûr! —

Puis fais luire ma pensée
Là-bas, — bien loin, oh, bien loin!
   — La rosée
16   Gaîment brille sur le foin. —

3 syllable   Dans le doux rêve où s'agite
Mon amie ⟵⟶ Ma mie endormie encor...
   — Vite, vite,
20   Car voici le soleil d'or —.

inspire les rêves à la fille

VI

La lune blanche
Luit dans les bois;
3   De chaque branche
Part une voix
Sous la ramée...
6   O bien-aimée.

L'étang reflète,
Profond miroir,
9   La silhouette
Du saule noir
Où le vent pleure...

12   Rêvons, c'est l'heure,

Un vaste et tendre
Apaisement
15   Semble descendre
Du firmament
Que l'astre irise...

18   C'est l'heure exquise.

VII

Le paysage dans le cadre des portières
Court furieusement, et des plaines entières
Avec de l'eau, des blés, des arbres et du ciel
4 Vont s'engouffrant parmi le tourbillon cruel
Où tombent les poteaux minces du télégraphe
Dont les fils ont l'allure étrange d'un paraphe.

Une odeur de charbon qui brûle et d'eau qui bout,
8 Tout le bruit que feraient mille chaînes au bout
Desquelles hurleraient mille géants qu'on fouette;
Et tout à coups des cris prolongés de chouette. —

— Que me fait tout cela, puisque j'ai dans les yeux
12 La blanche vision qui fait mon cœur joyeux,
Puisque la douce voix pour moi murmure encore,
Puisque le Nom si beau, si noble et si sonore
Se mêle, pur pivot de tout ce tournoiement,
16 Au rhythme du wagon brutal, suavement.

VIII

Une Sainte en son auréole,
Une Châtelaine en sa tour,

Tout ce que contient la parole
4   Humaine de grâce et d'amour;

La note d'or que fait entendre
Un cor dans le lointain des bois,
Mariée à la fierté tendre
8   Des nobles Dames d'autrefois;

Avec cela le charme insigne
D'un frais sourire triomphant
Éclos dans des candeurs de cygne
12   Et des rougeurs de femme-enfant;

Des aspects nacrés, blancs et roses,
Un doux accord patricien.
Je vois, j'entends toutes ces choses
16   Dans son nom Carlovingien.

IX

Son bras droit, dans un geste aimable de douceur,
Repose autour du cou de la petite sœur,
Et son bras gauche suit le rhythme de la jupe.
4 A coup sûr une idée agréable l'occupe,
Car ses yeux si francs, car sa bouche qui sourit,
Témoignent d'une joie intime avec esprit.
Oh! sa pensée exquise et fine, quelle est-elle ?
8 Toute mignonne, tout aimable et toute belle,
Pour ce portrait, son goût infaillible a choisi
La pose la plus simple et la meilleure aussi :
Debout, le regard droit, en cheveux; et sa robe
12 Est longue juste assez pour qu'elle ne dérobe
Qu'à moitié sous ses plis jaloux le bout charmant
D'un pied malicieux imperceptiblement.

X

Quinze longs jours encore et plus de six semaines
Déjà! Certes, parmi les angoisses humaines
3 La plus dolente angoisse est celle d'être loin.

On s'écrit, on se dit comme on s'aime; on a soin
D'évoquer chaque jour la voix, les yeux, le geste
6 De l'être en qui l'on mit son bonheur, et l'on reste
Des heures à causer tout seul avec l'absent.
Mais tout ce que l'on pense et tout ce que l'on sent
9 Et tout ce dont on parle avec l'absent, persiste
A demeurer blafard et fidèlement triste.

Oh! l'absence! le moins clément de tous les maux!
12 Se consoler avec des phrases et des mots,
Puiser dans l'infini morose des pensées
De quoi vous rafraîchir, espérances lassées,
15 Et n'en rien remonter que de fade et d'amer!
Puis voici, pénétrant et froid comme le fer,
Plus rapide que les oiseaux et que les balles
18 Et que le vent du sud en mer et ses rafales
Et portant sur sa pointe aiguë un fin poison,
Voici venir, pareil aux flèches, le soupçon
21 Décoché par le Doute impur et lamentable.

Est-ce bien vrai? tandis qu'accoudé sur ma table
Je lis sa lettre avec des larmes dans les yeux,
24 Sa lettre, où s'étale un aveu délicieux,
N'est-elle pas alors distraite en d'autres choses?
Qui sait? Pendant qu'ici pour moi lents et moroses
27 Coulent les jours, ainsi qu'un fleuve au bord flétri,
Peut-être que sa lèvre innocente a souri?
Peut-être qu'elle est très joyeuse et qu'elle oublie?

30 Et je relis sa lettre avec mélancolie.

XI

La dure épreuve va finir :
2   Mon cœur, souris à l'avenir.

Ils sont passés les jours d'alarmes
4   Où j'étais triste jusqu'aux larmes.

Ne suppute plus les instants,
6   Mon âme, encore un peu de temps.

J'ai tu les paroles amères
8   Et banni les sombres chimères.

Mes yeux exilés de la voir
10   De par un douloureux devoir,

Mon oreille avide d'entendre
12   Les notes d'or de sa voix tendre,

Tout mon être et tout mon amour
14   Acclament le bienheureux jour

Où seul, rêve et seule pensée,
16   Me reviendra la fiancée !

XII

Va, chanson, à tire-d'aile
Au-devant d'elle, et dis-lui
Bien que dans mon cœur fidèle
4   Un rayon joyeux a lui,

Dissipant, lumière sainte,
Ces ténèbres de l'amour :
Méfiance, doute, crainte,
8   Et que voici le grand jour !

Longtemps craintive et muette,
Entendez-vous ? la gaîté
Comme une vive alouette
12   Dans le ciel clair a chanté.

Va donc, chanson ingénue,
Et que, sans nul regret vain,
Elle soit la bien venue
16   Celle qui revient enfin.

XIII

Hier, on parlait de choses et d'autres
2   Et mes yeux allaient recherchant les vôtres ;

Et votre regard recherchait le mien
4   Tandis que courait toujours l'entretien.

Sous le sens banal des phrases pesées
6   Mon amour errait après vos pensées;

Et quand vous parliez, à dessein distrait
8   Je prêtais l'oreille à votre secret :

Car la voix, ainsi que les yeux de Celle
10   Qui vous fait joyeux et triste, décèle

Malgré tout effort morose ou rieur
12   Et met au plein jour l'être intérieur.

Or, hier je suis parti plein d'ivresse :
14   Est-ce un espoir vain que mon cœur caresse,

Un vain espoir, faux et doux compagnon ?
16   Oh! non! n'est-ce pas ? n'est-ce pas que non ?

XIV

Le foyer, la lueur étroite de la lampe;
La rêverie avec le doigt contre la tempe
Et les yeux se perdant parmi les yeux aimés;
L'heure du thé fumant et des livres fermés;
5 La douceur de sentir la fin de la soirée;

La fatigue charmante et l'attente adorée
De l'ombre nuptiale et de la douce nuit,
Oh! tout cela, mon rêve attendri le poursuit
Sans relâche, à travers toutes remises vaines,
10 Impatient des mois, furieux des semaines!

XV

J'ai presque peur, en vérité,
Tant je sens ma vie enlacée

A la radieuse pensée
4   Qui m'a pris l'âme l'autre été,

Tant votre image, à jamais chère,
Habite en ce cœur tout à vous,
Mon cœur uniquement jaloux
8   De vous aimer et de vous plaire;

Et je tremble, pardonnez-moi
D'aussi franchement vous le dire,
A penser qu'un mot, un sourire
12   De vous est désormais ma loi,

Et qu'il vous suffirait d'un geste,
D'une parole ou d'un clin d'œil,
Pour mettre tout mon être en deuil
16   De son illusion céleste.

Mais plutôt je ne veux vous voir,
L'avenir dût-il m'être sombre
Et fécond en peines sans nombre,
20   Qu'à travers un immense espoir,

Plongé dans ce bonheur suprême
De me dire encore et toujours,
En dépit des mornes retours,
24   Que je vous aime, que je t'aime!

XVI

Le bruit des cabarets, la fange des trottoirs,
Les platanes déchus s'effeuillant dans l'air noir,
L'omnibus, ouragan de ferraille et de boues,
Qui grince, mal assis entre ses quatre roues,
5 Et roule ses yeux verts et rouges lentement,
Les ouvriers allant au club, tout en fumant
Leur brûle-gueule au nez des agents de police,
Toits qui dégouttent, murs suintants, pavé qui glisse,
Bitume défoncé, ruisseaux comblant l'égout,
10 Voilà ma route — avec le paradis au bout.

XVII

N'est-ce pas ? en dépit des sots et des méchants
Qui ne manqueront pas d'envier notre joie,
3 Nous serons fiers parfois et toujours indulgents.

N'est-ce pas ? nous irons, gais et lents, dans la voie
Modeste que nous montre en souriant l'Espoir,
6 Peu soucieux qu'on nous ignore ou qu'on nous voie.

Isolés dans l'amour ainsi qu'en un bois noir,
Nos deux cœurs, exhalant leur tendresse paisible,
9 Seront deux rossignols qui chantent dans le soir.

Quant au Monde, qu'il soit envers nous irascible
Ou doux, que nous feront ses gestes ? Il peut bien,
12 S'il veut, nous caresser ou nous prendre pour cible.

Unis par le plus fort et le plus cher lien,
Et d'ailleurs, possédant l'armure adamantine,
15 Nous sourirons à tous et n'aurons peur de rien.

Sans nous préoccuper de ce que nous destine
Le Sort, nous marcherons pourtant du même pas,
18 Et la main dans la main, avec l'âme enfantine

De ceux qui s'aiment sans mélange, n'est-ce pas ?

XVIII

Nous sommes en des temps infâmes
Où le mariage des âmes
3 Doit sceller l'union des cœurs ;
A cette heure d'affreux orages
Ce n'est pas trop de deux courages
6 Pour vivre sous de tels vainqueurs.

En face de ce que l'on ose
Il nous siérait, sur toute chose,

9   De nous dresser, couple ravi
           Dans l'extase austère du juste
           Et proclamant d'un geste auguste
12   Notre amour fier, comme un défi !

           Mais quel besoin de te le dire ?
           Toi la bonté, toi le sourire,
15   N'es-tu pas le conseil aussi,
           Le bon conseil loyal et brave,
           Enfant rieuse au penser grave,
18   A qui tout mon cœur dit : merci !

XIX

           Donc, ce sera par un clair jour d'été :
           Le grand soleil, complice de ma joie,
           Fera, parmi le satin et la soie,
4   Plus belle encor votre chère beauté ;

           Le ciel tout bleu, comme une haute tente,
           Frissonnera somptueux à longs plis
           Sur nos deux fronts heureux qu'auront pâlis
8   L'émotion du bonheur et l'attente ;

           Et quand le soir viendra, l'air sera doux
           Qui se jouera, caressant, dans vos voiles,
           Et les regards paisibles des étoiles
12   Bienveillamment souriront aux époux.

XX

           J'allais par des chemins perfides,
           Douloureusement incertain.
3   Vos chères mains furent mes guides.

           Si pâle à l'horizon lointain
           Luisait un faible espoir d'aurore ;
6   Votre regard fut le matin.

Nul bruit, sinon son pas sonore,
N'encourageait le voyageur.
9   Votre voix me dit : « Marche encore ! »

Mon cœur craintif, mon sombre cœur
Pleurait, seul, sur la triste voie ;
12   L'amour, délicieux vainqueur,

Nous a réunis dans la joie.

XXI

L'hiver a cessé : la lumière est tiède
Et danse, du sol au firmament clair.
Il faut que le cœur le plus triste cède
4   A l'immense joie éparse dans l'air.

Même ce Paris maussade et malade
Semble faire accueil aux jeunes soleils
Et comme pour une immense accolade
8   Tend les mille bras de ses toits vermeils.

J'ai depuis un an le printemps dans l'âme
Et le vert retour du doux floréal,
Ainsi qu'une flamme entoure une flamme,
12   Met de l'idéal sur mon idéal.

Le ciel bleu prolonge, exhausse et couronne
L'immuable azur où rit mon amour.
La saison est belle et ma part est bonne
16   Et tous mes espoirs ont enfin leur tour.

Que vienne l'été ! que viennent encore
L'automne et l'hiver ! Et chaque saison
Me sera charmante, ô Toi que décore
20   Cette fantaisie et cette raison !

ROMANCES SANS PAROLES

ROMANCES SANS PAROLES [9]

ARIETTES OUBLIÉES

I

Le vent dans la plaine
Suspend son haleine.
(FAVART [10].)

C'est l'extase langoureuse,
C'est la fatigue amoureuse,
C'est tous les frissons des bois
Parmi l'étreinte des brises,
C'est, vers les ramures grises,
Le chœur des petites voix.

O le frêle et frais murmure !
Cela gazouille et susurre,
Cela ressemble au cri doux
Que l'herbe agitée expire...
Tu dirais, sous l'eau qui vire,
Le roulis sourd des cailloux.

Cette âme qui se lamente
En cette plainte dormante,
C'est la nôtre, n'est-ce pas ?
La mienne, dis, et la tienne,
Dont s'exhale l'humble antienne
Par ce tiède soir, tout bas ?

II

Je devine, à travers un murmure,
Le contour subtil des voix anciennes

Et dans les lueurs musiciennes,
4   Amour pâle, une aurore future! [11]

Et mon âme et mon cœur en délires
Ne sont plus qu'une espèce d'œil double
Où tremblote à travers un jour trouble [12]
8   L'ariette, hélas! de toutes lyres!

O mourir de cette mort seulette
Que s'en vont, cher amour qui t'épeures,
Balançant jeunes et vieilles heures!
12   O mourir de cette escarpolette!

III

Utilize les sons

> *Il pleut doucement sur la ville.*
> (ARTHUR RIMBAUD [13].)

Il pleure dans mon cœur
Comme il pleut sur la ville,
Quelle est cette langueur
4   Qui pénètre mon cœur?

O bruit doux de la pluie
Par terre et sur les toits!
Pour un cœur qui s'ennuie
8   O le chant de la pluie!

Il pleure sans raison
Dans ce cœur qui s'écœure [14].
Quoi! nulle trahison?
12   Ce deuil est sans raison.

C'est bien la pire peine
De ne savoir pourquoi,
Sans amour et sans haine,
16   Mon cœur a tant de peine!

IV [15]

Il faut, voyez-vous, nous pardonner les choses.
De cette façon nous serons bien heureuses,
Et si notre vie a des instants moroses,
4 Du moins nous serons, n'est-ce pas ? deux pleureuses.

O que nous mêlions, âmes sœurs que nous sommes,
A nos vœux confus la douceur puérile
De cheminer loin des femmes et des hommes,
8 Dans le frais oubli de ce qui nous exile !

Soyons deux enfants, soyons deux jeunes filles
Éprises de rien et de tout étonnées,
Qui s'en vont pâlir sous les chastes charmilles
12 Sans même savoir qu'elles sont pardonnées.

V

Son joyeux, importun d'un clavecin sonore.
(PÉTRUS BOREL.)

Le piano que baise une main frêle
Luit dans le soir rose et gris vaguement,
3 Tandis qu'avec un très léger bruit d'aile

Un air bien vieux, bien faible et bien charmant
Rôde discret, épeuré quasiment,
6 Par le boudoir longtemps parfumé d'Elle.

Qu'est-ce que c'est que ce berceau soudain
Qui lentement dorlote mon pauvre être ?
9 Que voudrais-tu de moi, doux chant badin ?

Qu'as-tu voulu, fin refrain [16] incertain
Qui vas tantôt mourir vers la fenêtre
12 Ouverte un peu sur le petit jardin ?

VI

C'est le chien de Jean de Nivelle
Qui mord sous l'œil même du guet

Le chat de la mère Michel;
François-les-bas-bleus s'en égaie [17].

La lune à l'écrivain public
Dispense sa lumière obscure
Où Médor avec Angélique
Verdissent sur le pauvre mur.

Et voici venir La Ramée
Sacrant en bon soldat du Roi.
Sous son habit blanc mal famé,
Son cœur ne se tient pas de joie,

Car la boulangère... — Elle ? — Oui dam!
Bernant Lustucru, son vieil homme,
A tantôt couronné sa flamme...
Enfants, *Dominus vobis-cum !*

Place! en sa longue robe bleue
Toute en satin qui fait frou-frou,
C'est une impure, palsembleu!
Dans sa chaise qu'il faut qu'on loue,

Fût-on philosophe ou grigou,
Car tant d'or s'y relève en bosse [18],
Que ce luxe insolent bafoue
Tout le papier de monsieur Loss! [19]

Arrière, robin crotté! place,
Petit courtaud, petit abbé,
Petit poète jamais las
De la rime non attrapée!

Voici que la nuit vraie arrive...
Cependant jamais fatigué
D'être inattentif et naïf
François-les-bas-bleus s'en égaie.

VII

O triste, triste était mon âme
A cause, à cause d'une femme.

Je ne me suis pas consolé
Bien que mon cœur s'en soit allé,

Bien que mon cœur, bien que mon âme
Eussent fui loin de cette femme.

Je ne me suis pas consolé,
Bien que mon cœur s'en soit allé.

Et mon cœur, mon cœur trop sensible
Dit à mon âme : Est-il possible,

Est-il possible, — le fût-il, —
Ce fier exil, ce triste exil ?

Mon âme dit à mon cœur : Sais-je
Moi-même, que nous veut ce piège

D'être présents bien qu'exilés,
Encore que loin en allés ?

VIII

Dans l'interminable
Ennui de la plaine
La neige incertaine
Luit comme du sable.

Le ciel est de cuivre
Sans lueur aucune.
On croirait voir vivre
Et mourir la lune.

Comme des nuées
Flottent gris les chênes
Des forêts prochaines
Parmi les buées.

Le ciel est de cuivre
Sans lueur aucune.

On croirait voir vivre
Et mourir la lune.

Corneille poussive
Et vous, les loups maigres,
Par ces bises aigres
Quoi donc vous arrive ?

Dans l'interminable
Ennui de la plaine
La neige incertaine
Luit comme du sable.

IX

*Le rossignol, qui du haut d'une
branche se regarde dedans, croit être
tombé dans la rivière. Il est au sommet
d'un chêne et toutefois il a peur de se
noyer.*

(CYRANO DE BERGERAC.)

L'ombre des arbres dans la rivière embrumée
        Meurt comme de la fumée,
Tandis qu'en l'air, parmi les ramures réelles,
        Se plaignent les tourterelles.

Combien, ô voyageur, ce paysage blême,
        Te mira blême toi-même,
Et que tristes pleuraient dans les hautes feuillées
        Tes espérances noyées !

Mai, Juin 1872

PAYSAGES BELGES

« *Conquestes du Roy.* »
(Vieilles estampes.)

WALCOURT

Briques et tuiles,
O les charmants
Petits asiles
Pour les amants !

Houblons et vignes,
Feuilles et fleurs,
Tentes insignes
Des francs buveurs !

Guinguettes claires,
Bières, clameurs,
Servantes chères
A tous fumeurs !

Gares prochaines,
Gais chemins grands...
Quelles aubaines,
Bons juifs errants !

Juillet 1872.

CHARLEROI

Dans l'herbe noire
Les Kobolds [20] vont.
Le vent profond
Pleure, on veut croire.

Quoi donc se sent ?
L'avoine siffle.
Un buisson gifle
L'œil au passant.

Plutôt des bouges
Que des maisons.
Quels horizons
De forges rouges !

On sent donc quoi ?
Des gares tonnent,
Les yeux s'étonnent,
Où Charleroi ?

Parfums sinistres !
Qu'est-ce que c'est ?
Quoi bruissait
Comme des sistres ?

Sites brutaux !
Oh ! votre haleine,
Sueur humaine,
Cris des métaux !

Dans l'herbe noire
Les Kobolds vont.
Le vent profond
Pleure, on veut croire.

BRUXELLES

Simples fresques

I

La fuite est verdâtre et rose
Des collines et des rampes,
Dans un demi-jour de lampes ·
4   Qui vient brouiller toute chose.

L'or, sur les humbles abîmes,
Tout doucement s'ensanglante,
Des petits arbres sans cimes,
8   Où quelque oiseau faible chante.

Triste à peine tant s'effacent
Ces apparences d'automne,
Toutes mes langueurs rêvassent,
12   Que berce l'air monotone.

II

L'allée est sans fin
Sous le ciel, divin
D'être pâle ainsi!
3   Sais-tu qu'on serait
Bien sous le secret
6   De ces arbres-ci?

Des messieurs bien mis,
Sans nul doute amis
9   Des Royer-Collards,
Vont vers le château.
J'estimerais beau
12   D'être ces vieillards.

Le château, tout blanc
Avec, à son flanc,

15   Le soleil couché.
        Les champs à l'entour...
        Oh! que notre amour
18   N'est-il là niché!

                    Estaminet du Jeune Renard, août 1872.

BRUXELLES

CHEVAUX DE BOIS

> *Par Saint-Gille,*
> *Viens-nous-en,*
> *Mon agile*
> *Alezan.*
>   (V. HUGO.)

        Tournez, tournez, bons chevaux de bois,
        Tournez cent tours, tournez mille tours,
        Tournez souvent et tournez toujours,
4   Tournez, tournez au son des hautbois.

        Le gros soldat, la plus grosse bonne
        Sont sur vos dos comme dans leur chambre;
        Car, en ce jour, au bois de la Cambre,
8   Les maîtres sont tous deux en personne.

        Tournez, tournez, chevaux de leur cœur,
        Tandis qu'autour de tous vos tournois
        Clignote l'œil du filou sournois,
12   Tournez au son du piston vainqueur.

        C'est ravissant comme ça vous soûle,
        D'aller ainsi dans ce cirque bête!
        Bien dans le ventre et mal dans la tête,
16   Du mal en masse et du bien en foule.

        Tournez, tournez, sans qu'il soit besoin
        D'user jamais de nuls éperons
        Pour commander à vos galops ronds,
20   Tournez, tournez, sans espoir de foin.

Et dépêchez, chevaux de leur âme,
Déjà, voici que la nuit qui tombe
Va réunir pigeon et colombe,
24 Loin de la foire et loin de madame.

Tournez, tournez! le ciel en velours
D'astres en or se vêt lentement.
Voici partir l'amante et l'amant.
28 Tournez au son joyeux des tambours.

Champ de foire de Saint-Gilles, août 1872.

MALINES

Vers les prés le vent cherche noise
Aux girouettes, détail fin
Du château de quelque échevin,
Rouge de brique et bleu d'ardoise,
5 Vers les prés clairs, les prés sans fin...

Comme les arbres des féeries
Des frênes, vagues frondaisons,
Échelonnent mille horizons
A ce Sahara de prairies,
10 Trèfle, luzerne et blancs gazons.

Les wagons filent en silence [21]
Parmi ces sites apaisés.
Dormez, les vaches! Reposez,
Doux taureaux de la plaine immense,
15 Sous vos cieux à peine irisés!

Le train glisse sans un murmure,
Chaque wagon est un salon
Où l'on cause bas et d'où l'on
Aime à loisir cette nature
20 Faite à souhait pour Fénelon.

Août 1872.

BIRDS IN THE NIGHT [22]

Vous n'avez pas eu toute patience,
  Cela se comprend par malheur, de reste.
  Vous êtes si jeune! et l'insouciance,
4 C'est le lot amer de l'âge céleste!

Vous n'avez pas eu toute la douceur,
  Cela par malheur d'ailleurs se comprend;
  Vous êtes si jeune, ô ma froide sœur,
8 Que votre cœur doit être indifférent!

Aussi me voici plein de pardons chastes,
  Non, certes! joyeux, mais très calme, en somme,
  Bien que je déplore, en ces mois néfastes,
12 D'être, grâce à vous, le moins heureux homme [23].

**

Et vous voyez bien que j'avais raison [24],
  Quand je vous disais, dans mes moments noirs,
  Que vos yeux, foyer de mes vieux espoirs,
16 Ne couvaient plus rien que la trahison.

Vous juriez alors que c'était mensonge
  Et votre regard qui mentait lui-même
  Flambait comme un feu mourant qu'on prolonge,
20 Et de votre voix vous disiez : « je t'aime! »

Hélas! on se prend toujours au désir
  Qu'on a d'être heureux malgré la saison... [25]
  Mais ce fut un jour plein d'amer plaisir,
24 Quand je m'aperçus que j'avais raison!

**

Aussi bien pourquoi me mettrais-je à geindre ?
  Vous ne m'aimiez pas, l'affaire est conclue,
  Et ne voulant pas qu'on ose me plaindre,
28 Je souffrirai d'une âme résolue.

Oui, je souffrirai car je vous aimais !
Mais je souffrirai comme un bon soldat
Blessé, qui s'en va dormir à jamais,
32 Plein d'amour pour quelque pays ingrat [26].

Vous qui fûtes ma Belle, ma Chérie,
Encor que de vous vienne ma souffrance,
N'êtes-vous donc pas toujours ma Patrie,
36 Aussi jeune, aussi folle que la France ?

** *

Or, je ne veux pas, — le puis-je d'abord ?
Plonger dans ceci mes regards mouillés.
Pourtant mon amour que vous croyez mort
40 A peut-être enfin les yeux dessillés.

Mon amour qui n'est que ressouvenance,
Quoique sous vos coups il saigne et qu'il pleure
Encore et qu'il doive, à ce que je pense,
44 Souffrir longtemps jusqu'à ce qu'il en meure,

Peut-être a raison de croire entrevoir
En vous un remords qui n'est pas banal,
Et d'entendre dire, en son désespoir,
48 A votre mémoire : ah ! fi ! que c'est mal !

** *

Je vous vois encor. J'entr'ouvris la porte.
Vous étiez au lit comme fatiguée.
Mais, ô corps léger que l'amour emporte,
52 Vous bondîtes nue, éplorée et gaie.

O quels baisers, quels enlacements fous !
J'en riais moi-même à travers mes pleurs.
Certes, ces instants seront entre tous,
56 Mes plus tristes, mais aussi mes meilleurs.

Je ne veux revoir de votre sourire
Et de vos bons yeux en cette occurrence

Et de vous, enfin, qu'il faudrait maudire,
60 Et du piège exquis, rien que l'apparence.

✦✦✦

Je vous vois encor! En robe d'été
Blanche et jaune avec des fleurs de rideaux.
Mais vous n'aviez plus l'humide gaîté
64 Du plus délirant de tous nos tantôts.

La petite épouse et la fille aînée
Était reparue avec la toilette
Et c'était déjà notre destinée
68 Qui me regardait sous votre voilette.

Soyez pardonnée! Et c'est pour cela
Que je garde, hélas! avec quelque orgueil,
En mon souvenir qui vous cajola,
72 L'éclair de côté que coulait votre œil.

✦✦✦

Par instants je suis le pauvre navire
Qui court démâté parmi la tempête,
Et ne voyant pas Notre-Dame luire
76 Pour l'engouffrement en priant s'apprête.

Par instants je meurs la mort du pécheur
Qui se sait damné s'il n'est confessé,
Et, perdant l'espoir de nul confesseur,
80 Se tord dans l'Enfer qu'il a devancé.

O mais! par instants, j'ai l'extase rouge
Du premier chrétien, sous la dent rapace,
Qui rit à Jésus témoin, sans que bouge
84 Un poil de sa chair, un nerf de sa face! [27]

Bruxelles-Londres. — Septembre-Octobre 1872.

AQUARELLES

GREEN [28]

Voici des fruits, des fleurs, des feuilles et des branches,
Et puis voici mon cœur, qui ne bat que pour vous.
Ne le déchirez pas avec vos deux mains blanches
4 Et qu'à vos yeux si beaux l'humble présent soit doux.

J'arrive tout couvert encore de rosée
Que le vent du matin vient glacer à mon front.
Souffrez que ma fatigue, à vos pieds reposée,
8 Rêve des chers instants qui la délasseront.

Sur votre jeune sein [29] laissez rouler ma tête
Toute sonore encor de vos derniers baisers;
Laissez-la s'apaiser de la bonne tempête,
12 Et que je dorme un peu puisque vous reposez.

SPLEEN

Les roses étaient toutes rouges,
2   Et les lierres étaient tout noirs.

Chère, pour peu que tu te bouges,
4   Renaissent tous mes désespoirs.

Le ciel était trop bleu, trop tendre,
6   La mer trop verte et l'air trop doux.

Je crains toujours, — ce qu'est d'attendre!
8   Quelque fuite atroce de vous.

Du houx à la feuille vernie
10   Et du luisant buis je suis las,

Et de la campagne infinie
12   Et de tout, fors de vous, hélas!

STREETS

I

Dansons la gigue!

J'aimais surtout ses jolis yeux,
3   Plus clairs que l'étoile des cieux,
J'aimais ses yeux malicieux.

Dansons la gigue!

Elle avait des façons vraiment
6   De désoler un pauvre amant,
Que c'en était vraiment charmant!

Dansons la gigue!

9

Mais je trouve encore meilleur
Le baiser de sa bouche en fleur,
12   Depuis qu'elle est morte à mon cœur.

Dansons la gigue!

Je me souviens, je me souviens
15   Des heures et des entretiens,
Et c'est le meilleur de mes biens.

Dansons la gigue!

SOHO.

II

O la rivière dans la rue !
Fantastiquement apparue
3   Derrière un mur haut de cinq pieds,
Elle roule sans un murmure
Son onde opaque et pourtant pure,
6   Par les faubourgs pacifiés.

La chaussée est très large, en sorte
Que l'eau jaune comme une morte
9   Dévale ample et sans nuls espoirs
De rien refléter que la brume,
Même alors que l'aurore allume
12   Les cottages jaunes et noirs.

un égout = sewer

                                    PADDINGTON.

CHILD WIFE *à Matilde*

Vous n'avez rien compris à ma simplicité,
    Rien, ô ma pauvre enfant !
Et c'est avec un front éventé, dépité,
4   Que vous fuyez devant.
                fuir

Vos yeux qui ne devaient refléter que douceur,
    Pauvre cher bleu miroir,
Ont pris un ton de fiel, ô lamentable sœur,
8   Qui nous fait mal à voir.

Et vous gesticulez avec vos petits bras
    Comme un héros méchant,
En poussant d'aigres cris poitrinaires, hélas !
12   Vous qui n'étiez que chant !
Car vous avez eu peur de l'orage et du cœur
    Qui grondait et sifflait,
Et vous bêlâtes vers votre mère — ô douleur ! —
16   Comme un triste agnelet.

Et vous n'avez pas su la lumière et l'honneur
        D'un amour brave et fort,
Joyeux dans le malheur, grave dans le bonheur,
20   Jeune jusqu'à la mort [3] !

A POOR YOUNG SHEPHERD

        J'ai peur d'un baiser
        Comme d'une abeille.
        Je souffre et je veille
        Sans me reposer.
5   J'ai peur d'un baiser !

        Pourtant j'aime Kate
        Et ses yeux jolis.
        Elle est délicate
        Aux longs traits pâlis.
10   Oh ! que j'aime Kate !

        C'est Saint-Valentin !
        Je dois et je n'ose
        Lui dire au matin...
        La terrible chose
15   Que Saint-Valentin !

        Elle m'est promise,
        Fort heureusement !
        Mais quelle entreprise
        Que d'être un amant
20   Près d'une promise !

        J'ai peur d'un baiser
        Comme d'une abeille.
        Je souffre et je veille
        Sans me reposer :
25   J'ai peur d'un baiser !

BEAMS

Elle voulut aller sur les flots de la mer,
Et comme un vent bénin soufflait une embellie,

Nous nous prêtâmes tous à sa belle folie,
4 Et nous voilà marchant par le chemin amer.

Le soleil luisait haut dans le ciel calme et lisse,
Et dans ses cheveux blonds c'étaient des rayons d'or,
Si bien que nous suivions son pas plus calme encor
8 Que le déroulement des vagues, ô délice!

Des oiseaux blancs volaient alentour mollement,
Et des voiles au loin s'inclinaient toutes blanches.
Parfois de grands varechs filaient en longues branches,
12 Nos pieds glissaient d'un pur et large mouvement.

Elle se retourna, doucement inquiète
De ne nous croire pas pleinement rassurés;
Mais nous voyant joyeux d'être ses préférés,
16 Elle reprit sa route et portait haut la tête.

Douvres-Ostende, à bord de la Comtesse-de-Flandre,
4 avril 1873.

ÉCRITS SUR RIMBAUD

LES POÈTES MAUDITS

AVERTISSEMENT (1884)

[...]

Étienne Carjat photographiait M. Arthur Rimbaud en octobre 1871. C'est cette photographie excellente que le lecteur a sous les yeux, reproduite ainsi que celle, d'après nature aussi, de Corbière, par le procédé de la photogravure.

N'est-ce pas bien « l'Enfant Sublime » sans le terrible démenti de Chateaubriand [31], mais non sans la protestation de lèvres dès longtemps sensuelles et d'une paire d'yeux perdus dans du souvenir très ancien plutôt que dans un rêve même précoce ? Un Casanova gosse mais bien plus expert ès aventures ne rit-il pas dans ces narines hardies, et ce beau menton accidenté ne s'en vient-il pas dire : « va te faire lanlaire » à toute illusion qui ne doive l'existence à la plus irrévocable volonté ? Enfin, à notre sens, la superbe tignasse ne put être ainsi mise à mal que par de savants oreillers d'ailleurs foulés du coude d'un pur caprice sultanesque. Et ce dédain tout viril d'une toilette inutile à cette littérale beauté du diable [32] !

......

LES POÈTES MAUDITS

ARTHUR RIMBAUD

Nous avons eu l'honneur de connaître M. Arthur Rimbaud. Aujourd'hui des choses nous séparent de lui sans que, bien entendu, notre très profonde admiration ait jamais manqué à son génie.

A l'époque relativement lointaine de notre intimité, M. Arthur Rimbaud était un enfant de seize à dix-sept ans, déjà nanti de tout le bagage poétique qu'il faudrait que le vrai public connût et que nous essaierons d'analyser en citant le plus que nous pourrons.

L'homme était grand, bien bâti, presque athlétique, au visage parfaitement ovale d'ange en exil, avec des cheveux châtain-clair mal en ordre et des yeux d'un bleu pâle inquiétant. Ardennais, il possédait, en plus d'un joli accent de terroir trop vite perdu, le don d'assimilation prompte propre aux gens de ce pays-là, — ce qui peut expliquer le rapide dessèchement, sous le soleil bête de Paris, de sa veine, pour parler comme nos pères, dont le langage direct et correct n'avait pas toujours tort, en fin de compte !

Nous nous occuperons d'abord de la première partie de l'œuvre de M. Arthur Rimbaud, œuvre de sa toute jeune adolescence, — gourme sublime, miraculeuse puberté; — pour ensuite examiner les diverses évolutions de cet esprit impétueux, jusqu'à sa fin littéraire.

Ici une parenthèse, et si ces lignes tombent d'aventure sous ses yeux, que M. Arthur Rimbaud sache bien que nous ne jugeons pas les mobiles des hommes et soit assuré de notre complète approbation (de notre tristesse noire, aussi) en face de son abandon de la poésie, pourvu, comme nous n'en doutons pas, que cet abandon soit, pour lui, logique, honnête et nécessaire.

L'œuvre de M. Rimbaud, remontant à la période de son extrême jeunesse, c'est-à-dire à 1869, 70, 71, est assez abondante et formerait un volume respectable. Elle se compose de poèmes généralement courts, de sonnets, triolets, pièces en strophes de quatre, cinq et de six vers. Le poète n'emploie jamais la rime plate. Son vers, solidement campé, use rarement d'artifices. Peu de césures libertines, moins encore de rejets. Le choix des mots est toujours exquis, quelquefois pédant à dessein. La langue est nette et reste claire quand l'idée se fonce ou que le sens s'obscurcit. Rimes très honorables.

Nous ne saurions mieux justifier ce que nous disons là qu'en vous présentant le sonnet des

VOYELLES

A noir, E blanc, I rouge, U vert, O bleu, voyelles,
Je dirai quelque jour vos naissances latentes.
A, noir corset velu des mouches éclatantes
Qui bombillent autour des puanteurs cruelles,

Golfes d'ombre ; E, candeur des vapeurs et des tentes,
Lances des glaciers fiers, rois blancs, frissons d'ombelles ;
I, pourpres, sang craché, rire des lèvres belles
Dans la colère ou les ivresses pénitentes ;

U, cycles, vibrements divins des mers virides,
Paix des pâtis semés d'animaux, paix des rides
Que l'alchimie imprime aux grands fronts studieux ;

O, suprême Clairon plein de strideurs étranges,
Silences traversés des Mondes et des Anges :
— O l'Oméga, rayon violet de Ses Yeux !

La Muse (tant pis ! vivent nos pères !), la Muse, disons-nous, de M. Arthur Rimbaud prend tous les tons, pince toutes les cordes de la harpe, gratte toutes celles de la guitare et caresse le rebec d'un archet agile s'il en fut.

Goguenard et pince-sans-rire, M. Arthur Rimbaud
l'est, quand cela lui convient, au premier chef, tout en
demeurant le grand poète que Dieu l'a fait.

A preuve l'*Oraison du soir*, et ces *Assis* à se mettre à
genoux devant !

ORAISON DU SOIR

Je vis assis tel qu'un ange aux mains d'un barbier,
Empoignant une chope à fortes cannelures,
L'hypogastre et le col cambrés, une Gambier
Aux dents, sous l'air gonflé d'impalpables voilures.

Tels que les excréments chauds d'un vieux colombier,
Mille rêves en moi font de douces brûlures ;
Puis par instants mon cœur triste est comme un aubier
Qu'ensanglante l'or jaune et sombre des coulures.

Puis, quand j'ai ravalé mes rêves avec soin,
Je me tourne, ayant bu trente ou quarante chopes,
Et me recueille pour lâcher l'âcre besoin.

Doux comme le Seigneur du cèdre et des hysopes,
Je pisse vers les cieux bruns très haut et très loin,
Avec l'assentiment des grands héliotropes.

Les *Assis* ont une petite histoire qu'il faudrait peut-
être rapporter pour qu'on les comprît bien.

M. Arthur Rimbaud, qui faisait alors sa seconde en
qualité d'externe au lycée de *** [33], se livrait aux écoles
buissonnières les plus énormes et quand il se sentait —
enfin ! — fatigué d'arpenter monts, bois et plaines nuits
et jours, car quel marcheur ! il venait à la bibliothèque
de ladite ville et y demandait des ouvrages malsonnants
aux oreilles du bibliothécaire en chef dont le nom, peu
fait pour la postérité, danse au bout de notre plume,
mais qu'importe ce nom d'un bonhomme en ce travail
malédictin ? L'excellent bureaucrate, que ses fonctions
mêmes obligeaient à délivrer à M. Arthur Rimbaud, sur
la requête de ce dernier, force Contes Orientaux et

libretti de Favart, le tout entremêlé de vagues bouquins scientifiques très anciens et très rares, maugréait de *se lever* pour ce gamin et le renvoyait volontiers, de bouche, à ses peu chères études, à Cicéron, à Horace, et à nous ne savons plus quels Grecs aussi. Le gamin, qui d'ailleurs connaissait et surtout apprécierait infiniment mieux ses classiques que le birbe lui-même finit par « s'irriter », d'où le chef-d'œuvre en question.

LES ASSIS

Noirs de loupes, grêlés, les yeux cerclés de bagues
Vertes, leurs doigts boulus crispés à leurs fémurs,
Le sinciput plaqué de hargnosités vagues
Comme les floraisons lépreuses des vieux murs,

Ils ont greffé dans des amours épileptiques
Leur fantasque ossature aux grands squelettes noirs
De leurs chaises ; leurs pieds aux barreaux rachitiques
S'entrelacent pour les matins et pour les soirs.

Ces vieillards ont toujours fait tresse avec leurs sièges,
Sentant les soleils vifs percaliser leurs peaux,
Où les yeux à la vitre où se fanent les neiges,
Tremblant du tremblement douloureux des crapauds.

Et les Sièges leur ont des bontés ; culottée
De brun, la paille cède aux angles de leurs reins.
L'âme des vieux soleils s'allume, emmaillotée,
Dans ces tresses d'épis où fermentaient les grains.

Et les Assis, genoux aux dents, verts pianistes,
Les dix doigts sous leur siège aux rumeurs de tambour,
S'écoutent clapoter des barcarolles tristes
Et leurs caboches vont dans des roulis d'amour.

Oh ! ne les faites pas lever ! C'est le naufrage.
Ils surgissent, grondant comme des chats giflés,
Ouvrant lentement leurs omoplates, ô rage !
Tout leur pantalon bouffe à leurs reins boursouflés.

Et vous les écoutez cognant leurs têtes chauves
Aux murs sombres, plaquant et plaquant leurs pieds tors,
Et leurs boutons d'habit sont des prunelles fauves
Qui vous accrochent l'œil du fond des corridors.

Puis ils ont une main invisible qui tue ;
Au retour, leur regard filtre ce venin noir
Qui charge l'œil souffrant de la chienne battue,
Et vous suez, pris dans un atroce entonnoir.

Rassis, les poings crispés dans des manchettes sales,
Ils songent à ceux-là qui les ont fait lever,
Et de l'aurore au soir des grappes d'amygdales
Sous leurs mentons chétifs s'agitent à crever.

Quand l'austère sommeil a baissé leur visières,
Ils rêvent sur leurs bras de sièges fécondés,
De vrais petits amours de chaises en lisières
Par lesquelles de fiers bureaux seront bordés.

Des fleurs d'encre, crachant des pollens en virgules,
Les bercent le long des calices accroupis,
Tels qu'au fil des glaïeuls le vol des libellules,
— Et leur membre s'agace à des barbes d'épis !

Nous avons tenu à tout donner de ce poème savamment et froidement outré, jusqu'au dernier vers si logique et d'une hardiesse si heureuse. Le lecteur peut ainsi se rendre compte de la puissance d'ironie, de la verve terrible du poète, dont il nous reste à considérer les dons plus élevés, dons suprêmes, magnifique témoignage de l'Intelligence, preuve fière et française, bien française, insistons-y par ces jours de lâche internationalisme, d'une supériorité naturelle et mystique de race et de caste, affirmation sans conteste possible de cette immortelle royauté de l'Esprit, de l'Ame et du Cœur humains :

La Grâce et la Force et la grande Rhétorique niée par nos intéressants, nos subtils, nos pittoresques, mais étroits et plus qu'étroits, étriqués, Naturalistes de 1883 !

La Force, nous en avons eu un spécimen dans les quelques pièces insérées ci-dessus, mais encore y est-elle à ce point revêtue de paradoxe et de redoutable belle humeur qu'elle n'apparaît que déguisée en quelque sorte. Nous la retrouverons dans son intégrité, toute belle et toute pure, à la fin de ce travail. Pour le moment c'est la Grâce qui nous appelle, une grâce particulière, inconnue certes jusqu'ici, où le bizarre et l'étrange salent et poivrent l'extrême douceur, la simplicité divine de la pensée et du style.

Nous ne connaissons pour notre part dans aucune littérature quelque chose d'un peu farouche et de si tendre, de gentiment caricatural et de si cordial, et de si *bon*, et d'un jet franc, sonore, magistral, comme

LES EFFARÉS

Noirs dans la neige et dans la brume,
Au grand soupirail qui s'allume,
    Leurs culs en rond,
A genoux les petits — misère !
Regardent le boulanger faire
    Le lourd pain blond.

Ils voient le fort bras blanc qui tourne
La pâte grise et qui l'enfourne
    Dans un trou clair.
Ils écoutent le bon pain cuire.
Le boulanger au gros sourire
    Chante un vieil air.

Ils sont blottis, pas un ne bouge,
Au souffle du soupirail rouge
    Chaud comme un sein.
Quand pour quelque médianoche,
Façonné comme une brioche
    On sort le pain,

Quand sous les poutres enfumées,
Chantent les croûtes parfumées

> *Et les grillons,*
> *Que ce trou chaud souffle la vie,*
> *Ils ont leur âme si ravie*
> *Sous leurs haillons,*
>
> *Ils se ressentent si bien vivre,*
> *Les pauvres Jésus pleins de givre,*
> *Qu'ils sont là tous,*
> *Collant leurs petits museaux roses*
> *Au treillage, grognant des choses*
> *Entre les trous,*
>
> *Tout bêtes, faisant leurs prières*
> *Et repliés vers ces lumières*
> *Du ciel rouvert,*
> *Si fort qu'ils crèvent leur culotte*
> *Et que leur chemise tremblote*
> *Au vent d'hiver.*

Qu'en dites-vous ? Nous, trouvant dans un autre art des analogies que l'originalité de ce « petit *cuadro* » nous interdit de chercher parmi tous poètes possibles, nous dirions, c'est du Goya pire et meilleur. Goya et Murillo consultés nous donneraient raison, sachez-le bien.

Du Goya encore *Les Chercheuses de Poux*, cette fois du Goya lumineux exaspéré, blanc sur blanc avec les *effets* roses et bleus et cette touche singulière jusqu'au fantastique. Mais combien supérieur toujours le poète au peintre et par l'émotion haute et par le chant des bonnes rimes !

Soyez témoins :

LES CHERCHEUSES DE POUX

Quand le front de l'enfant, plein de rouges tourmentes,
Implore l'essaim blanc des rêves indistincts,
Il vient près de son lit deux grandes sœurs charmantes
Avec de frêles doigts aux ongles argentins.

Elles assoient l'enfant devant une croisée
Grande ouverte où l'air bleu baigne un fouillis de fleurs,
Et dans ses lourds cheveux où tombe la rosée
Promènent leurs doigts fins, terribles et charmeurs.

Il écoute chanter leurs haleines craintives
Qui fleurent de longs miels végétaux et rosés
Et qu'interrompt parfois un sifflement, salives
Reprises sur la lèvre ou désirs de baisers.

Il entend leurs cils noirs battant sous les silences
Parfumés ; et leurs doigts électriques et doux
Font crépiter parmi ses grises indolences
Sous leurs ongles royaux la mort des petits poux.

Voilà que monte en lui le vin de la Paresse,
Soupir d'harmonica qui pourrait délirer ;
L'enfant se sent, selon la lenteur des caresses,
Sourdre et mourir sans cesse un désir de pleurer.

Il n'y a pas jusqu'à l'irrégularité de rime de la dernière stance, il n'y a pas jusqu'à la dernière phrase restant, entre son manque de conjonction et le point final, comme suspendue et surplombante, qui n'ajoutent en légèreté d'esquisse, en *tremblé* de facture au charme frêle du morceau. Et le beau mouvement, le beau balancement lamartinien, n'est-ce pas ? dans ces quelques vers qui semblent se prolonger dans du rêve et de la musique ! Racinien même, oserions-nous ajouter, et pourquoi ne pas aller jusqu'à cette juste confession, virgilien ?

Bien d'autres exemples de grâce exquisement perverse ou chaste à vous ravir en extase nous tentent, mais les limites normales de ce second essai déjà long nous font une loi de passer outre à tant de délicats miracles et nous entrerons sans plus de retard dans l'empire de la Force splendide où nous convie le magicien avec son

BATEAU IVRE

Comme je descendais ces Fleuves impassibles,
Je ne me sentis plus guidé par les haleurs :
Des Peaux-rouges criards les avaient pris pour cibles,
Les ayant cloués nus aux poteaux de couleurs.

J'étais insoucieux de tous les équipages,
Porteur de blés flamands ou de cotons anglais.
Quand avec mes haleurs ont fini ces tapages
Les Fleuves m'ont laissé descendre où je voulais.

Dans les clapotements furieux des marées,
Moi, l'autre hiver, plus sourd que les cerveaux d'enfants,
Je courus ! Et les Péninsules démarrées
N'ont pas subi tohu-bohus plus triomphants.

La tempête a béni mes éveils maritimes.
Plus léger qu'un bouchon j'ai dansé sur les flots
Qu'on appelle rouleurs éternels de victimes,
Dix nuits, sans regretter l'œil niais des falots.

Plus douce qu'aux enfants la chair des pommes sûres
L'eau verte pénétra ma coque de sapin
Et des taches de vins bleus et des vomissures
Me lava, dispersant gouvernail et grappin.

Et dès lors je me suis baigné dans le poème
De la mer, infusé d'astres et lactescent,
Dévorant les azurs verts où, flottaison blême
Et ravie, un noyé pensif parfois descend,

Où, teignant tout à coup les bleuités, délires
Et rhythmes lents sous les rutilements du jour,
Plus fortes que l'alcool, plus vastes que vos lyres,
Fermentent les rousseurs amères de l'amour.

Je sais les cieux crevant en éclairs, et les trombes,
Et les ressacs et les courants, je sais le soir,
L'aube exaltée ainsi qu'un peuple de colombes,
Et j'ai vu quelquefois ce que l'homme a cru voir.

J'ai vu le soleil bas taché d'horreurs mystiques
Illuminant de longs figements violets,
Pareils à des acteurs de drames très antiques,
Les flots roulant au loin leurs frissons de volets;

J'ai rêvé la nuit verte aux neiges éblouies,
Baisers montant aux yeux des mers avec lenteur,
La circulation des sèves inouïes
Et l'éveil jaune et bleu des phosphores chanteurs.

J'ai suivi des mois pleins, pareille aux vacheries
Hystériques, la houle à l'assaut des récifs,
Sans songer que les pieds lumineux des Maries
Pussent forcer le mufle aux Océans poussifs;

J'ai heurté, savez-vous? d'incroyables Florides,
Mêlant aux fleurs des yeux de panthères aux peaux
D'hommes, des arcs-en-ciel tendus comme des brides,
Sous l'horizon des mers, à de glauques troupeaux;

J'ai vu fermenter les marais énormes, nasses
Où pourrit dans les joncs tout un Léviathan,
Des écroulements d'eaux au milieu des bonaces
Et les lointains vers les gouffres cataractant!

Glaciers, soleils d'argent, flots nacreux, cieux de braises,
Échouages hideux au fond des golfes bruns
Où les serpents géants dévorés des punaises
Choient des arbres tordus avec de noirs parfums.

J'aurais voulu montrer aux enfants ces dorades
Du flot bleu, ces poissons d'or, ces poissons chantants.
Des écumes de fleurs ont béni mes dérades
Et d'ineffables vents m'ont ailé par instants.

Parfois, martyr lassé des pôles et des zones,
La mer dont le sanglot faisait mon roulis doux
Montait vers moi ses fleurs d'ombre aux ventouses jaunes
Et je restais ainsi qu'une femme à genoux.

Presqu'île ballottant sur mes bords les querelles
Et les fientes d'oiseaux clabaudeurs aux yeux blonds,
Et je voguais lorsqu'à travers mes liens frêles
Des noyés descendaient dormir à reculons.

Or moi, bateau perdu sous les cheveux des anses,
Jeté par l'ouragan dans l'éther sans oiseaux,
Moi dont les Monitors et les voiliers des Hanses
N'auraient pas repêché la carcasse ivre d'eau,

Libre, fumant, monté de brumes violettes,
Moi qui trouais le ciel rougeoyant comme un mur
Qui porte, confiture exquise aux bons poètes,
Des lichens de soleil et des morves d'azur,

Qui courais taché de lunules électriques,
Planche folle, escorté des hippocampes noirs,
Quand les Juillets faisaient crouler à coups de triques
Les cieux ultramarins aux ardents entonnoirs,

Moi qui tremblais, sentant geindre à cinquante lieues
Le rut des Béhémots et les Maelstroms épais,
Fileur éternel des immobilités bleues,
Je regrette l'Europe aux anciens parapets.

J'ai vu des archipels sidéraux ! Et des îles
Dont les cieux délirants sont ouverts au vogueur :
— Est-ce en ces nuits sans fond que tu dors et t'exiles,
Million d'oiseaux d'or, ô future Vigueur ?

Mais, vrai, j'ai trop pleuré ! Les aubes sont navrantes,
Toute lune est atroce et tout soleil amer.
L'âcre amour m'a gonflé de torpeurs enivrantes.
O que ma quille éclate ! O que j'aille à la mer !

Si je désire une eau d'Europe, c'est la flache
Noire et froide où vers le crépuscule embaumé,
Un enfant accroupi, plein de tristesses, lâche
Un bateau frêle comme un papillon de mai.

Je ne puis plus, baigné de vos langueurs, ô lames,
Enlever leur sillage aux porteurs de cotons,
Ni traverser l'orgueil des drapeaux et des flammes,
Ni nager sous les yeux horribles des pontons !

Maintenant quel avis formuler sur les *Premières Communions*, poème trop long pour prendre place ici, surtout après nos excès de citations, et dont d'ailleurs nous détestons bien haut l'esprit, qui nous paraît dériver d'une rencontre malheureuse avec le Michelet sénile et impie, le Michelet de dessous les linges sales de femmes et de derrière Parny [34] (l'autre Michelet, nul plus que nous ne l'adore), oui, quel avis émettre sur ce morceau colossal, sinon que nous en aimons la profonde ordonnance et tous les vers sans exception ? il y en a d'ainsi :

Adonaï ! Dans les terminaisons latines
Des cieux moirés de vert baignent les Fronts vermeils
Et tachés du sang pur des célestes poitrines,
De grands linges neigeux tombent sur les soleils !

Paris se repeuple, écrit au lendemain de la « Semaine sanglante », fourmille de beautés.

. . . .

Cachez les palais morts dans des niches de planches ;
L'ancien jour effaré rafraîchit vos regards ;
Voici le troupeau roux des tordeuses de hanches !

. . . .

Quand tes pieds ont dansé si fort dans les colères,
Paris ! quand tu reçus tant de coups de couteau,
Quand tu gis, retenant dans tes prunelle claires
Un peu de la bonté du fauve renouveau...

. . . .

Dans cet ordre d'idées, *Les Veilleurs*, poème qui n'est plus, hélas ! en notre possession, et que notre mémoire ne saurait reconstituer, nous ont laissé l'impression la plus forte que jamais vers nous aient causée. C'est d'une vibration, d'une largeur, d'une tristesse sacrée! Et d'un tel accent de sublime désolation, qu'en vérité nous osons croire que c'est ce que M. Arthur Rimbaud a écrit de plus beau, de beaucoup!

Maintes autres pièces de premier ordre nous ont ainsi passé par les mains, qu'un hasard malveillant et le tourbillon de voyages passablement accidentés nous ont fait perdre. Aussi adjurons-nous ici tous nos amis connus ou inconnus qui posséderaient *Les Veilleurs, Accroupissements, Le Cœur volé, Douaniers, Les Mains de Jeanne-Marie, Sœurs de Charité*, et toutes choses signées du nom prestigieux, de bien vouloir nous les faire parvenir pour le cas probable où le présent travail dût se voir complété. Au nom de l'honneur des Lettres, nous leur réitérons notre prière. Les manuscrits seront religieusement rendus, dès copie prise, à leurs généreux propriétaires.

Il est temps de songer à terminer ceci qui a pris de telles proportions pour ces raisons excellentes :

Le nom et l'œuvre de Corbière, ceux de Mallarmé sont assurés pour la suite des temps; les uns retentiront sur la lèvre des hommes, les autres dans toutes les mémoires dignes d'eux. Corbière et Mallarmé *ont imprimé*, — cette petite chose immense. M. Rimbaud, trop dédaigneux, plus dédaigneux même que Corbière qui du moins a jeté son volume au nez du siècle, n'a rien voulu faire paraître en fait de vers.

Une seule pièce, d'ailleurs sinon reniée ou désavouée par lui, a été inséré *à son insu*, et ce fut bien fait, dans la seconde année de la *Renaissance*, vers 1873. Cela s'appelait *Les Corbeaux*. Les curieux pourront se régaler de cette chose patriotique, mais patriotique bien, et que nous goûtons fort quant à nous, mais ce n'est pas encore ça. Nous sommes fiers d'offrir le premier à nos contemporains intelligents bonne part de ce riche gâteau, du Rimbaud!

Eussions-nous consulté M. Rimbaud (dont nous ignorons l'adresse, aussi bien vague immensément), il nous aurait, c'est probable, déconseillé d'entreprendre ce travail pour ce qui le concerne.

Ainsi, maudit par lui-même, ce Poète Maudit! Mais l'amitié, la dévotion littéraires que nous lui porterons toujours nous ont dicté ces lignes, nous ont fait indiscret.

Tant pis pour lui! Tant mieux, n'est-ce pas ? pour vous. Tout ne sera pas perdu du trésor oublié par ce plus qu'insouciant possesseur, et si c'est un crime que nous commettons, *felix culpa*, alors!

Après quelque séjour à Paris, puis diverses pérégrinations plus ou moins effrayantes, M. Rimbaud vira de bord et travailla (lui!) dans le naïf, le très et le trop simple, n'usant plus que d'assonances, de mots vagues, de phrases enfantines ou populaires. Il accomplit ainsi des prodiges de ténuité, de flou vrai, de charmant presque inappréciable à force d'être grêle et fluet.

> *Elle est retrouvée.*
> *Quoi ? L'éternité.*
> *C'est la mer allée*
> *Avec les soleils.*

. . . .

Mais le poète disparaissait. — Nous entendons parler du poète *correct*.

Un prosateur étonnant s'ensuivit. Un manuscrit dont le titre nous échappe et qui contenait d'étranges mysticités et les plus aigus aperçus psychologiques tomba dans des mains qui l'égarèrent sans savoir ce qu'elles faisaient [35].

Une saison en enfer, parue à Bruxelles, 1873, chez Poot et Cie, 37, rue aux Choux, sombra corps et biens dans un oubli monstrueux, l'auteur ne l'ayant pas « lancée » *du tout*. Il avait bien autre chose à faire.

Il courut tous les Continents, tous les Océans, pauvrement, fièrement (riche d'ailleurs, s'il l'eût voulu, de famille et de position) après avoir écrit, en prose encore, une série de superbes fragments, les *Illuminations*, à tout jamais perdus, nous le craignons bien [36].

Il disait dans sa *Saison en enfer* : « Ma journée est faite. Je quitte l'Europe. L'air marin brûlera mes poumons, les climats perdus me tanneront. »

Tout cela est très bien et l'homme a tenu parole. L'homme en M. Rimbaud est libre, cela est trop clair et nous le lui avons concédé en commençant, avec une réserve bien légitime que nous allons accentuer pour conclure. Mais n'avons-nous pas eu raison, nous fou du

poète, de le prendre, cet aigle, et de le tenir dans cette
cage-ci, sous cette étiquette-ci, et ne pourrions-nous point
par surcroît et surérogation (si la Littérature devait voir se
consommer une telle perte) nous écrier avec Corbière,
son frère aîné, non pas son grand frère, ironiquement ?
Non. Mélancoliquement ? O oui ! Furieusement ? Ah
qu'oui ! — :

> *Elle est éteinte*
> *Cette huile sainte.*
> *Il est éteint*
> *Le sacristain* [37] *!*

PRÉFACE
POUR LA PREMIÈRE ÉDITION
DES *ILLUMINATIONS*

Le livre que nous offrons au public fut écrit de 1873 à 1875, parmi des voyages tant en Belgique qu'en Angleterre et dans toute l'Allemagne.

Le mot *Illuminations* est anglais et veut dire gravures colorées, — *coloured plates :* c'est même le sous-titre que M. Rimbaud avait donné à son manuscrit.

Comme on va voir, celui-ci se compose de courtes pièces, prose exquise ou vers délicieusement faux exprès. D'idée principale il n'y en a ou du moins nous n'y en trouvons pas. De la joie évidente d'être un grand poète, tels paysages féeriques, d'adorables vagues amours esquissées et la plus haute ambition (arrivée) de style : tel est le résumé que nous croyons pouvoir oser donner de l'ouvrage ci-après. Au lecteur d'admirer en détail.

De très courtes notes biographiques feront peut-être bien.

M. Arthur Rimbaud est né d'une famille de bonne bourgeoisie à Charleville (Ardennes), où il fit d'excellentes études quelque peu révoltées. A seize ans il avait écrit les plus beaux vers du monde, dont de nombreux extraits furent par nous donnés naguère dans un libelle intitulé *Les Poètes maudits.* Il a maintenant dans les trente-deux ans, et voyage en Asie où il s'occupe de travaux d'art. Comme qui dirait le Faust du second Faust, ingénieur de *génie* après avoir été l'immense poète vivant élève de Méphistophélès et possesseur de cette blonde Marguerite !

On l'a dit mort plusieurs fois. Nous ignorons ce détail, mais en serions bien triste. Qu'il le sache au cas où il n'en serait rien. Car nous fûmes son ami et le restons de loin.

Deux autres manuscrits en prose et quelques vers inédits seront publiés en leur temps.

Un nouveau portrait par Forain qui a connu également M. Rimbaud paraîtra quand il faudra.

Dans un très beau tableau de Fantin-Latour, *Coin de table*, à Manchester actuellement, croyons-nous, il y a un portrait en buste de M. Rimbaud à seize ans.

Les *Illuminations* sont un peu postérieures à cette époque.

(Éd. de la Vogue, 1886.)

ARTHUR RIMBAUD
« 1884 [38] »

Félix Fénéon a dit, en parlant comme il faut des *Illuminations* d'Arthur Rimbaud, que c'était en dehors de toute littérature et sans doute au-dessus [39]. On pourrait appliquer ce jugement au reste de l'œuvre, *Poésies* et *Une saison en enfer*. On pourrait encore reprendre la phrase pour mettre l'homme en dehors, en quelque sorte, de l'humanité et sa vie en dehors et au-dessus de la commune vie. Tant l'œuvre est géante, tant l'homme s'est fait libre, tant la vie passa fière, si fière qu'on n'a plus de ses nouvelles et qu'on ne sait pas si elle marche encore. Le tout simple comme une forêt vierge et beau comme un tigre. Avec des sourires et de ces sortes de gentillesses !

Arthur Rimbaud naquit à Charleville (Ardennes), en 1855 [40]. Son enfance fut gamine fantastiquement. Un peu paysanne, bondée de lectures et d'énormes promenades qui étaient des aventures, promenades et lectures. Interne au collège de sa ville natale passé depuis lycée. La Meuse charmante des alentours et sauvage des environs : coquet prospect de la Culbute et bois joli des Havetières, la frontière belge où ce tabac que Thomas Philippe (Phlippe, comme on prononce à la madame Pernelle : « *Allons, Phlippote, allons !...* » dans toutes ces régions) *répard* pour rien ou presque au nez de

Ceux qui disent : Cré nom ! ceux qui disent : Macache* !

---

* Premier vers des *Douaniers*, l'un des poèmes « confisqués » dont il va être question.

et ce *péquet* de ces auberges ! l'eurent trop, sans que ses études merveilleuses en aient souffert pour un zeste, car peu sont instruits comme cet ancien écolier buissonnier. Vers l'âge de quinze ans, Paris le vit, deux ou trois jours, errant sans but. En 1870-71, il parcourait l'est de la France en feu, et racontait volontiers plus tard Villers-Cotterêts et sa forêt aux galopades de uhlans sous des lunes de Raffet. Retour à Paris pendant la Commune et quelque séjour à la caserne du Château-d'Eau, parmi de vagues Vengeurs de Flourens (*Florence*, gazouillaient ces éphèbes à ceinture blanche). — *Interdum* la gendarmerie départementale avait eu des attentions et, ces bons flicquards de la Capitale, des caresses pour ce tout jeune et colossal Glatigny, muni de moins encore de papiers que notre pauvre mais cher ami, qui, lui, n'en mourut guère. — Mais ce ne fut qu'en octobre 1871 qu'il prit terre et langue ès la ville à Villon [41]. A son premier voyage il avait effarouché le naïf André Gill. Cette fois il enthousiasma Cros, charma Cabaner, inquiéta et ravit une foule d'autres, épouvanta nombre d'imbéciles, contristant même, dit-on, des familles qu'on assure s'être complètement rassises depuis. C'est de cette époque que datent les poèmes : *Les Effarés*, *Les Assis*, *Les Chercheuses de poux*, *Voyelles*, *Oraison du soir*, et *Le Bateau ivre*, cités dans la première série des « Poètes maudits », *Premières communions*, publiées par « La Vogue », *Tête de faune* et *Le Cœur volé*, donnés dans la seconde série non encore éditée des « Poètes maudits » (*Pauvre Lélian* — « La Vogue »), et plusieurs autres poèmes*, dont trop, hélas ! furent confisqués, c'est le mot poli, par une main qui n'avait que faire là, non plus que dans un manuscrit en prose à jamais regrettable et jeté avec eux dans quel ? et quel ! panier rancunier pourquoi ?

Bien des avis se partagèrent sur Rimbaud, l'individu et le poète. D'aucuns crièrent à ceci et à cela, un homme d'esprit a été jusqu'à dire : « Mais c'est le Diable ! » Ce n'était ni le Diable ni le bon Dieu, c'était Arthur Rimbaud,

---

* *Les Mains de Jeanne-Marie, Accroupissements, Les Veilleurs, Les Pauvres à l'église, Sœur de charité, Les Douaniers,* tels sont les titres de ces choses qu'il est bien à craindre de ne jamais voir sortir du puits d'incompétence où les voilà qui gisent.

c'est-à-dire un très grand poète, absolument original, d'une saveur unique, prodigieux linguiste, — un garçon pas comme tout le monde, non certes ! mais net, carré sans la moindre malice et avec toute la subtilité, de qui la vie, à lui qu'on a voulu travestir en loup-garou, est toute en avant dans la lumière et dans la force, belle de logique, et d'unité comme son œuvre, et semble tenir entre ces deux divins poèmes en prose détachés de ce pur chef-d'œuvre, flamme et cristal, fleuves et fleurs et grandes voix de bronze et d'or : les *Illuminations*.

AUBE

J'ai embrassé l'aube d'été.

Rien ne bougeait encore au front des palais. L'eau était morte. Les camps d'ombres ne quittaient pas la route du bois. J'ai marché, réveillant les haleines vives et tièdes, et les pierreries regardèrent, et les ailes se levèrent sans bruit.

La première entreprise fut, dans le sentier déjà empli de frais et blêmes éclats, une fleur qui me dit son nom.

Je ris au wasserfall qui s'échevela à travers les sapins : à la cime argentée je reconnus la déesse.

Alors je levai un à un les voiles. Dans l'allée, en agitant les bras. Par la plaine, où je l'ai dénoncée au coq. A la grand'ville, elle fuyait parmi les clochers et les dômes, et, courant comme un mendiant sur les quais de marbre, je la chassais.

En haut de la route, près d'un bois de lauriers, je l'ai entourée avec ses voiles amassés, et j'ai senti un peu son immense corps. L'aube et l'enfant tombèrent au bas du bois.

Au réveil il était midi.

[note manuscrite en marge : idée d'immortalité]

VEILLÉES

C'est le repos éclairé, ni fièvre ni langueur, sur le lit ou sur le pré.

C'est l'ami ni ardent ni faible. L'ami.

C'est l'aimée ni tourmentante ni tourmentée. L'aimée.

L'air et le monde point cherchés. La vie.

— Était-ce donc ceci ?

Et le rêve fraîchit.

Juillet 1872, voyage et station en Belgique, Bruxelles plutôt. Rencontre avec quelques Français, dont Georges Cavalié dit Pipe-en-Bois, étonnés. Septembre même année, traversée pour Londres où vie paisible, flâneries et leçons, fréquentation d'Eugène Vermersch. Juillet 1873, un accident à Bruxelles : blessure légère par un

revolver mal braqué; Paris *iterum* pour peu de temps et
peu de gens; Londres derechef, quelque ennui, hôpital
un instant. Départ pour l'Allemagne. On le voit en
février 1875, très correct, fureteur de bibliothèques, en
pleine fièvre « philomathique », comme il disait, à
Stuttgart, où le manuscrit des *Illuminations* fut remis à
quelqu'un qui en eut soin [42]. Un autre livre avait paru en
1873, à Bruxelles, *Une saison en enfer*, espèce de prodi-
gieuse autobiographie psychologique, écrite dans cette
prose de diamant qui est sa propriété exclusive. Dès 1876,
quand l'Italie est parcourue et l'italien conquis, comme
l'anglais, comme l'allemand, on perd un peu la trace.
Des projets pour la Russie, une anicroche à Vienne
(Autriche), quelques mois en France, d'Arras et Douai à
Marseille, et le Sénégal vers lequel bercé par un naufrage,
puis la Hollande, 1879-80, vu décharger des voitures de
moisson dans une ferme à sa mère, entre Attigny et
Vouziers, et arpenter ces routes maigres de ses jambes
sans rivales. Son père, ancien officier de l'armée, mort à
ces époques, lui laissant deux sœurs, dont l'une est morte,
et un frère aîné. Puis, on l'a dit mort lui-même sans que
rien fût sûr. A telles enseignes qu'à la date de 1885, on le
savait à Aden, poursuivant là, pour son plaisir, des préoccupations de gigantesques travaux d'art inaugurés
naguère en Chypre, et l'année suivante, qui est donc
l'année d'avant la dernière, les renseignements les plus
rassurants abondaient.

Voilà les lignes principales de cette existence plus que
mouvementée. Peu de passion, comme parlerait M. Ohnet,
se mêle à la plutôt intellectuelle et en somme chaste
odyssée. Peut-être quelque *vedova molto civile* dans
quelque Milan, une Londonienne, rare sinon unique
— et c'est tout. D'ailleurs qu'importe ? Œuvre et vie sont
superbes telles quelles dans leur indiciblement fier
pendent interrupta.

Ne pas trop se fier aux portraits qu'on a de Rimbaud,
y compris la charge ci-contre, pour amusante et artistique
qu'elle soit [43]. Rimbaud, à l'âge de seize à dix-sept ans
qui est celui où il avait fait les vers et faisait la prose qu'on
sait, était plutôt beau — et très beau — que laid comme
en témoigne le portrait par Fantin dans son *Coin de table*

qui est à Manchester. Une sorte de douceur luisait et souriait dans ces cruels yeux bleu clair et sur cette forte bouche rouge au pli amer : mysticisme et sensualité et quels ! On procurera quelque jour des ressemblances enfin approchantes.

Quant au sonnet des Voyelles, il n'est ici publié ci-dessous qu'à cause de sa juste célébrité et pour l'explication de la caricature. L'intense beauté de ce chef-d'œuvre le dispense à mes humbles yeux d'une exactitude théorique dont je pense que l'extrêmement spirituel Rimbaud se fichait sans doute pas mal. Je dis ceci pour René Ghil qui pousse peut-être les choses trop loin quand il s'indigne *littéralement* contre cet « U vert » où je ne vois, moi public, que les trois superbes vers « U cycles, etc. »

Ghil, mon cher ami, je suis jusqu'à un certain point votre très grand partisan, mais, de grâce, n'allons pas plus vite que les violons, et ne prêtons point à rire aux gens plus qu'il ne nous convient.

A très bientôt une belle et aussi complète que possible édition des œuvres d'Arthur Rimbaud.

VOYELLES

A noir, E blanc, I rouge, U vert, O bleu, voyelles,
Je dirai quelque jour vos naissances latentes.
A, noir corset velu des mouches éclatantes
Qui bombillent autour des puanteurs cruelles,

Golfes d'ombre ; E, candeur des vapeurs et des tentes,
Lance des glaciers fiers, rois blancs, frissons d'ombelles ;
I, pourpres, sang craché, rire des lèvres belles
Dans la colère ou les ivresses pénitentes

U, cycles, vibrement divins des mers virides,
Paix des pâtis semés d'animaux, paix des rides
Que l'alchimie imprime aux grands fronts studieux ;

O, suprême Clairon plein de strideurs étranges,
Silences traversés des Mondes et des Anges :
— O l'Oméga, rayon violet de Ses yeux !

ARTHUR RIMBAUD [44]

De toute l'œuvre en vers de Rimbaud, œuvre dont je me réjouis, dans la tristesse de la mort précoce de cet unique poète, d'avoir inauguré en quelque sorte la gloire, — je crois qu'on peut, avec moi, préférer *Le Bateau ivre*.

Symbolique ou non (à coup sûr, pas symboliste [45]), ce maître morceau vous prend par sa toute-beauté de forme et vous courbe sous sa toute-puissance d'originalité. Est-ce bien l'âme de l'homme ou la libre fantaisie du poète qui est en jeu, qu'importe! C'est d'une suprême grandeur dans la plus neuve des mises en œuvre, et comme en scène, depuis le début imprévu, sans phrase, sans *Il y avait une fois*, et si calme mais saisissant, en quelque sorte extra naturel, et si large et simple et clair,

> *Comme je descendais des Fleuves impassibles*
> *Je ne me sentis plus guidé par les haleurs.*
> *Des Peaux-Rouges criards les avaient pris pour cibles,*
> *Les ayant cloués nus aux poteaux de couleurs...*

jusqu'au superbement pathétique finale de cette symphonie :

> *Je ne puis plus, baigné de vos langueurs, ô lames,*
> *Enlever leur sillage aux porteurs de cotons,*
> *Ni traverser l'orgueil des drapeaux et des flammes,*
> *Ni nager sous les yeux horribles des pontons.*

Tous les vers d'ailleurs là-dedans portent, curieux, rares, exacts, tous :

Et j'ai vu quelquefois ce que l'homme a cru voir...
. . . .
Et l'éveil jaune et bleu des phosphores chanteurs...
. . . .
Libre, fumant, monté de brumes violettes.

gracieux d'une grâce inédite, n'est-ce pas ?

J'aurais voulu montrer aux enfants ces dorades
Du flot bleu, ces poissons d'or, ces poissons chantants.

Amusants, d'une bizarrerie indicible, sinon par eux-mêmes,

... le ciel rougeoyant comme un mur
Qui porte, confiture exquise aux bons poètes,
Des lichens de soleil et des morves d'azur.

Ce cri :

O que ma quille éclate ! O que j'aille à la mer !

Cet autre :

Mais moi, j'ai trop pleuré !

Et n'est-il pas prophétique, hélas ! en outre, ce chef-d'œuvre en dehors de toute littérature, au-dessus peut-être, comme a si bien nuancé Félix Fénéon parlant de l'œuvre entier, — qui, comme un bateau, lui prête des élans, des appétences vers les aventures loin du connu, et pronostique vingt ans d'avance la fin, dirai-je héroïque ? en tout cas noble et fière de ce poète s'isolant d'une notoriété si méritée, renonçant aux caresses des admirations d'élite, pour suivre, pour vivre son rêve de nouveau, de pire et de mieux, — par le monde, à travers les choses et les gens avidement vus, comme dévorés, pour lui seul le hautain poète assoiffé, affamé, ivre, repu, inassouvi de vraie dignité, libre à souhait, toujours en avant, — mourant *dans sa volonté faite ?*

PRÉFACE

A mon avis tout à fait intime, j'eusse préféré, en dépit de tant d'intérêt s'attachant intrinsèquement, presque aussi bien que chronologiquement, à beaucoup de pièces du présent recueil, que celui-ci fût allégé pour, surtout, des causes littéraires : trop de jeunesse décidément, d'inexpériences mal savoureuses, point d'assez heureuses naïvetés. J'eusse, si le maître, donné juste un dessus de panier, quitte à regretter que le reste dût disparaître, ou, alors ajouté ce reste à la fin du livre, après la table des matières et sans table des matières quant à ce qui l'eût concerné, sous la rubrique « pièces attribuées à l'auteur », encore excluant de cette, peut-être trop indulgente déjà, hospitalité les tout à fait apocryphes sonnets publiés, sous le nom glorieux et désormais révérend, par de spirituels parodistes.

Quoi qu'il en soit, voici, seulement expurgé des apocryphes en question et classé aussi soigneusement que possible par ordre de dates, mais, hélas ! privé de trop de choses qui furent, aux déplorables fins de puériles et criminelles rancunes, sans même d'excuses suffisamment bêtes, confisquées, confisquées ? volées ! pour tout et mieux dire, dans les tiroirs fermés d'un absent [46], — voici *le livre des poésies complètes d'Arthur Rimbaud*, avec ses additions inutiles à mon avis et ses déplorables mutilations irréparables à jamais, il faut le craindre.

Justice est donc faite, et bonne et complète; car en outre du présent fragment de l'ensemble, il y a eu des reproductions par la Presse et la Librairie des choses en prose si inappréciables, peut-être même si supérieures aux vers, dont quelques-uns pourtant incomparables, que je sache !

Ici, avant de procéder plus avant dans ce très sérieux et très sincère et pénible et douloureux travail, il me sied et me plaît de remercier mes amis Dujardin et Kahn, Fénéon, et ce trop méconnu, trop modeste Anatole Baju, de leur intervention en un cas si beau, mais, à l'époque, périculeux, je vous l'assure, car je ne le sais que trop.

Kahn et Dujardin disposaient néanmoins de revues fermes et d'aspect presque imposant, un peu d'outre-Rhin et parfois, pour ainsi dire, pédantesques ; depuis il y a eu encore du plomb dans l'aile de ces périodiques changés de direction — et Baju, naïf, eut aussi son influence, vraiment [47].

Tous trois firent leur devoir en faveur de mes efforts pour Rimbaud, Baju avec le tort, peut-être inconscient, de publier, à l'appui de la bonne thèse, des gloses farceuses de gens de talent et surtout d'esprit qui auraient mieux fait certainement de travailler pour leur compte [48], qui en valait, je le leur dis en toute sincérité,

La peine assurément !

Mais un devoir sacré m'incombe, en dehors de toute diversion même quasiment nécessaire, vite. C'est de rectifier des faits d'abord — et ensuite d'élucider un peu la disposition, à mon sens, mal littéraire, mais conçue dans un but tellement respectable ! du présent volume des *Poésies complètes d'Arthur Rimbaud*.

On a dit tout, en une préface abominable [49] que la Justice a châtiée, d'ailleurs, par la saisie, sur la requête d'un galant homme de qui la signature avait été escroquée, M. Rodolphe Darzens, on a dit tout le mauvais sur Rimbaud, homme et poète.

Ce mauvais-là, il faut malheureusement, mais carrément, l'amalgamer avec celui qu'a écrit, pensé sans nul doute, un homme de talent dans un journal d'irréprochable tenue. Je veux parler de M. Charles Maurras et en appeler de lui à lui mieux informé.

Je lis, par exemple, ceci de lui, M. Charles Maurras :
— « Au dîner du Bon Bock », or il n'y avait pas,

alors, de *dîner du Bon Bock* où nous allassions, Valade, Mérat, Silvestre, quelques autres Parnassiens et moi, ni par conséquent Rimbaud avec nous, mais bien un dîner mensuel des *Vilains Bonshommes*, fondé avant la guerre de 1870, et qu'avaient honoré quelquefois de leur présence, Théodore de Banville et, de la part de Sainte-Beuve, le secrétaire de celui-ci, M. Jules Troubat. Au moment dont il est question, fin 1871, nos « assises » se tenaient au premier étage d'un marchand de vins établi au coin de la rue Bonaparte et de la place Saint-Sulpice, vis-à-vis d'un libraire d'occasion (rue Bonaparte) et (rue du Vieux-Colombier) d'un négociant en objets religieux. — « Au dîner du Bon Bock, dit donc M. Maurras, ses reparties (à Rimbaud) causaient de grands scandales. Ernest d'Hervilly le rappelait en vain à la raison. CARJAT LE MIT A LA PORTE. Rimbaud attendit *patiemment* à la porte et Carjat reçut à la sortie un « bon » [je retiens « bon »] coup de canne à épée DANS LE VENTRE. »

Je n'ai pas à invoquer le témoignage de d'Hervilly qui est un cher poète et un cher ami, parce qu'il n'a jamais été plus l'auteur d'une intervention absurdement inutile que l'objet d'une insulte ignoble publiée sans la plus simple pudeur, non plus que sans la moindre conscience du faux ou du vrai, dans la préface de l'édition Genonceaux, ni celui de M. Carjat lui-même, par trop juge et partie, ni celui des encore assez nombreux survivants d'une scène assurément peu glorieuse pour Rimbaud, mais démesurément grossie et dénaturée jusqu'à la plus complète calomnie.

Voici donc un récit succinct, mais vrai jusque dans le moindre détail, du « drame » en question : ce soir-là, aux *Vilains Bonshommes*, on avait lu beaucoup de vers après le dessert et le café. Beaucoup de vers, même à la fin d'un dîner (plutôt modeste), ce n'est pas toujours des moins fatigants, particulièrement quand ces vers sont un peu bien déclamatoires comme ceux dont *vraiment* il s'agissait (et non de vers du bon poète Jean Aicard). Ces vers étaient d'un monsieur qui faisait beaucoup de sonnets à l'époque et de qui le nom m'échappe.

Et, sur le début suivant, après passablement d'autres choses d'autres gens,

On dirait des soldats d'Agrippa d'Aubigné
Alignés au cordeau par Philibert Delorme...

Rimbaud eut le tort incontestable de protester d'abord entre haut et bas contre la prolongation d'à la fin abusives récitations. Sur quoi M. Étienne Carjat, le photographe-poète de qui le récitateur était l'ami littéraire et artistique, s'interposa trop vite et trop vivement à mon gré, traitant l'interrupteur de gamin. Rimbaud qui ne savait supporter la boisson, et que l'on avait contracté, dans ces « agapes » pourtant modérées, la mauvaise habitude de gâter au point de vue du vin et des liqueurs, — Rimbaud qui se trouvait gris, prit mal la chose, se saisit d'une canne à épée à moi qui était derrière nous, voisins immédiats, et, par-dessus la table large de près de deux mètres, dirigea vers M. Carjat qui se trouvait en face ou tout comme, la lame dégainée qui ne fit pas heureusement de très grands ravages, puisque le sympathique ex-directeur du *Boulevard* ne reçut, si j'en crois ma mémoire qui est excellente dans ce cas, qu'une éraflure très légère à une main.

Néanmoins, l'alarme fut grande, et, la tentative très regrettable, vite et plus vite encore réprimée. J'arrachai la lame au furieux, la brisai sur mon genou et confiai, devant rentrer de très bonne heure chez moi, le « gamin », à moitié dégrisé maintenant, au peintre bien connu, Michel de l'Hay, alors déjà un solide gaillard en outre d'un tout jeune homme des plus remarquablement beaux qu'il soit donné de voir, qui eut tôt fait de reconduire à son domicile de la rue Campagne-Première, en le chapitrant d'importance, notre jeune intoxiqué, de qui l'accès de colère ne tarda pas à se dissiper tout à fait, avec les fumées du vin et de l'alcool, dans le sommeil réparateur de la seizième année.

Avant de « lâcher » tout à fait M. Charles Maurras, je lui demanderai de s'expliquer sur un malheureux membre de phrase de lui me concernant.

A propos de la question d'ailleurs subsidiaire de savoir si Rimbaud était beau ou laid, M. Maurras qui ne l'a jamais vu et qui le trouve laid, d'après des témoins « plus rassis » que votre serviteur, me blâmerait presque, ma parole d'honneur! d'avoir dit qu'il avait (Rimbaud) un visage parfaitement ovale d'ange en exil, une forte bouche rouge au pli amer et *(in cauda venenum!)* des « jambes sans rivales ».

Ça c'est idiot sans plus, je veux bien le croire, sans plus. Autrement, quoi ? Voici toujours *ma* phrase sur les jambes en question, extraite des *Hommes d'aujour-d'hui.* Au surplus, lisez toute la petite biographie. Elle répond à tout *d'avance* et coûte deux sous.

« ... Des projets pour la Russie, une anicroche à Vienne (Autriche), quelques mois en France, d'Arras et Douai à Marseille, et le Sénégal, vers lequel bercé par un naufrage; puis la Hollande, 1879-80; vu décharger des voitures de moisson dans une ferme à sa mère, entre Attigny et Vouziers, et arpenter ces routes maigres de ses « JAMBES SANS RIVALES ».

Voyons, M. Maurras, est-ce bien de bonne foi votre confusion entre infatigabilité... et autre chose ?

— Ouf, j'en ai fini avec les petites (et grosses) infamies qui, de régions prétendues uniquement littéraires, s'insinueraient dans la vie privée pour s'y installer; et veuillez, lecteur, me permettre de m'étendre un peu, maintenant qu'on a brûlé quelque sucre, sur le pur plaisir intellectuel de vous parler du présent ouvrage qu'on peut ne pas aimer, ni même admirer, mais qui a droit à tout respect en tout consciencieux examen ?

On a laissé les pièces objectionables au point de vue bourgeois, car le point de vue chrétien et surtout catholique me semble supérieur et doit être écarté, — j'entends, notamment, *Les Premières Communions* et *Les Pauvres à l'église;* pour mon compte, j'eusse négligé cette pièce brutale ayant pourtant ceci qui est très beau,

> *... Les malades du foie*
> *Font baiser leurs longs doigts jaunes aux bénitiers.*

Quant aux *Premières Communions,* dont j'ai sévèrement parlé dans mes *Poètes maudits* à cause de certains vers affreusement blasphémateurs, c'est si beau aussi... n'est-ce pas ? à travers tant de coupables choses... pourtant!

Pour le reste de ce que j'aime parfaitement, *Le Bateau ivre, Les Effarés, Les Chercheuses de poux* et, bien après,

Les Assis, aussi, parbleu! cet un peu fumiste, mais si extraordinairement miraculeux de détails, sonnet des *Voyelles* qui a fait faire à M. René Ghil de si cocasses théories, et l'ardent *Faune*, c'est parfait de fauves, — en liberté! et encore une fois, je vous le présente, ce « numéro », comme autrefois dans ce petit journal de combat, mort en pleine brèche, *Lutèce*, de tout mon cœur, de toute mon âme et de toutes mes forces.

On a cru devoir, évidemment dans un but de réhabilitation qui n'a rien à voir ni avec la vie très honorable ni avec l'œuvre très intéressante, faire s'ouvrir le volume par une pièce intitulée *Les Étrennes des Orphelins*, laquelle assez longue pièce, dans le goût un peu Guiraud avec déjà des beautés tout autres. Ceci qui vaut du Desbordes-Valmore :

> *Les tout petits enfants ont le cœur si sensible !*
> . . . .

Cela :
> *La bise sous le seuil a fini par se taire,*

qui est d'un net et d'un vrai, quant à ce qui concerne un beau jour de premier janvier! Surtout une facture solide, même un peu trop, qui dit l'extrême jeunesse de l'auteur quand il s'en servit d'après la formule parnassienne exagérée.

On a cru aussi devoir intercaler de gré ou de force un trop long poème : *Le Forgeron*, daté (!) *des Tuileries, vers le 10 août 1792*, où vraiment c'est par trop démocsoc par trop démodé, même en 1870, où ce fut écrit; mais l'auteur, direz-vous, était si, si jeune! Mais, répondrais-je, était-ce une raison pour publier cette chose faite à coups de « mauvaises lectures » dans des manuels surannés ou de trop moisis historiens ? Je ne m'empresse pas moins d'ajouter qu'il y a là encore de très remarquables vers. Parbleu! avec cet être-là!

Cette caricature de Louis XVI, d'abord :

> *Et prenant ce gros-là dans son regard farouche.*

Cette autre encore :

> *Or le bon roi, debout sur son ventre, était pâle.*

Ce cri bien dans le ton juste, trop rare ici :

On ne veut pas de nous dans les boulangeries.

Néanmoins j'avoue préférer telles pièces purement jolies, mais alors très jolies, d'une joliesse sauvageonne ou sauvage tout à fait, alors presque aussi belles que *Les Effarés* ou que *Les Assis.*

Il y a, dans ce ton, *Ce qui retient Nina*, vingt-neuf strophes, plus de cent vers sur un rythme sautilleur avec des gentillesses à tout bout de champ :

> *Dix-sept ans ! tu seras heureuse !*
> *O les grands prés,*
> *La grande campagne amoureuse !*
>   *— Dis, viens plus près !...*
> . . . .

> *Puis, comme une petite morte,*
>   *Le cœur pâmé,*
> *Tu me dirais que je te porte*
>   *L'œil mi-fermé...*

Et, après la promenade au bois... et la résurrection de la *petite morte*, l'entrée dans le village où *ça sentirait le laitage*, une étable pleine d'un *rythme lent d'haleines et de grands dos;* un intérieur à la Téniers :

> *Les lunettes de la grand'mère*
>   *Et son nez long*
> *Dans son missel...*
> . . . .

Aussi la *Comédie en trois baisers :*

> . . . .
> *Elle était fort déshabillée,*
> *Et de grands arbres indiscrets*
> *Aux vitres penchaient leur feuillée*
> *Malinement, tout près, tout près.*

Sensation où le poète adolescent va loin, bien loin, « comme un bohémien ».

Par la nature, heureux comme avec une femme...

Roman :

On n'est pas sérieux quand on a dix-sept ans.

Ce qu'il y a d'amusant, c'est que Rimbaud, quand il écrivait ce vers, n'avait pas encore seize ans. Évidemment il se « vieillissait » pour mieux plaire à quelque belle... de, très probablement, son imagination.

Ma bohème, la plus gentille sans doute de ces gentilles choses :

Comme des lyres je tirais les élastiques
De mes souliers blessés, un pied près de mon cœur...

Mes Petites Amoureuses, *Les Poètes de sept ans*, frères franchement douloureux des *Chercheuses de poux* :

Et la mère fermant le livre du devoir
S'en allait satisfaite et très fière sans voir
Dans les yeux bleus et sous le front plein d'éminences
L'âme de son enfant livrée aux répugnances.

.   .   .   .

Quant aux quelques morceaux en prose qui terminent le volume, je les eusse retenus pour les publier dans une nouvelle édition des œuvres en prose. Ils sont d'ailleurs merveilleux, mais tout à fait dans la note des *Illuminations* et de la *Saison en enfer*. Je l'ai dit tout à l'heure et je sais que je ne suis pas le seul à le penser : le Rimbaud en prose est peut-être supérieur à celui en vers...

J'ai terminé, je crois avoir terminé ma tâche de préfacier. De la vie de l'homme j'ai parlé suffisamment ailleurs. De son œuvre je reparlerai peut-être encore.

Mon dernier mot ne doit être, ici, que ceci : Rimbaud fut un poète mort jeune (à dix-huit ans, puisque, né à Charleville le 20 octobre 1854, nous n'avons pas de vers de lui postérieurs à 1872), mais vierge de toute platitude ou décadence — comme il fut un homme mort jeune aussi (à trente-sept ans, le 10 novembre 1891, à l'hôpital de la Conception, de Marseille), mais dans son vœu bien formulé d'indépendance et de haut dédain de n'importe quelle adhésion à ce qu'il ne lui plaisait pas de faire ni d'être.

(Éd. Vanier, 1895.)

ARTHUR RIMBAUD

Arthur Rimbaud naquit à Charleville (département des Ardennes) en 1854, d'un père officier d'infanterie, promu colonel devant l'ennemi, pendant la guerre franco-allemande de 1870, originaire de Lyon, et d'une mère ardennaise. Il fit au collège de sa ville natale, aujourd'hui lycée national, des études non seulement excellentes, mais ardentes, passionnées, si l'on peut dire. C'est ainsi que, non content d'emporter tous les prix de grec, de latin, de dissertation française, l'on a conservé de lui, à titre d'exercice scolaire, un « discours de Charles d'Orléans au roi Louis Onze, pour sauver François Villon de la pendaison », écrit en un vieux français qui ne le cède pas trop à celui, s'il vous plaît, de Balzac dans ses *Contes drolatiques*, et laisse Clotilde de Surville à des lieues et des lieues en arrière.

Rimbaud, au contraire des gamins de cet âge, préférait les livres à tout et possédait, à quatorze ans, toute l'Antiquité, tout le Moyen Age, toute la Renaissance, savait par cœur les poètes modernes, les plus raffinés comme les plus ingénus de notre époque, de Desbordes-Valmore à Baudelaire, par exemple, et cet exemple montre bien le goût déjà comme infaillible de ce jeune garçon (ce n'était même pas un jeune homme alors). Car s'il existe une antithèse, c'est bien entre ces deux noms : Marceline Desbordes-Valmore, Charles Baudelaire. Rimbaud, sous les formes différentes, percevait déjà à merveille la même âme douloureuse et comme une parenté dans ces deux génies si dissemblables à première vue. En même temps sa curiosité s'étendait à tout — à tout ce qui est vraiment curieux et digne d'intérêt. Les mathématiques, par exemple, tout en l'effrayant (à juste titre peut-être, souvenons-nous), comme elles sont encore enseignées, je crois, l'attiraient par leur précision divine. L'architecture, même les travaux d'ingénieur en dehors de l'art, certaines industries, l'amusaient à connaître. La fin de sa vie devait se ressentir de ces goûts d'enfance vers une générale « philomathie », grand mot qu'il affectionnait par une extrême exception, lui qui était le plus simple en paroles... en même temps que le plus compliqué généralement des êtres humains qu'il m'avait été donné de rencontrer au cours de ma bizarre existence, car ce fut moins, ô croyez-le! le désir de s'enrichir ou le goût des affaires que l'ardeur à savoir, que l'amour de voir du nouveau et encore du nouveau, qui l'entraîna dans la série d'énormes voyages qui devaient en quelque sorte, remplacer, quand l'âge d'homme sonna pour lui, les extraordinaires escapades de son esprit adolescent.

Dès 1873, après déjà maints voyages en France, en Belgique et en Angleterre, et plusieurs séjours à Paris, Londres et Bruxelles, il part pour l'Allemagne, où il est vu, en février 1875, à Stuttgart, correct, fureteur de bibliothèque, encombrant les pinacothèques de son amateurisme, qui n'a rien d'un snob; puis c'est l'Italie parcourue en 1876, la Hollande, où il s'engage soldat pour guerroyer dans les Indes. Là, il s'abouche avec des négociants trafiquant vers Aden et Hérat; c'est dans ce dernier pays qu'il se fixe, non sans encore des pointes en Europe, et cette fois plutôt en France, dans son département. On eût dit qu'il se *rangeait*, pour parler bourgeoisement.

Hélas! l'un de ces retours devait être le dernier à jamais. Atteint d'une tumeur arthritique à la jambe droite, il dut se rapatrier au plus vite en vue d'être soigné comme il fallait. Il subit, à l'hôpital de la Conception, à Marseille, une opération qui parut réussir, puis la fièvre et l'inflammation survenant, la mort s'ensuivit, une mort chrétienne et douce, « la mort d'un saint », dit un biographe qui fut témoin oculaire [50].

Tels sont les traits principaux de cette vie plus et mieux qu'accidentée : peu de « passion », comme parlerait

M. Georges Ohnet, se mêle à l'intellectuelle et plutôt chaste odyssée. Quelque *vedova molto civile* dans un vague Milan, une Londonienne, rare sinon unique, et c'est tout, si c'est du tout. Vie et œuvre sont superbes telles quelles dans leur indiciblement fier *pendent interrupta*.

Le recueil complet des poésies d'Arthur Rimbaud, qui vient de paraître ces jours-ci, est « enrichi » d'une préface de votre serviteur, en place de l'odieux factum imprimé il y a quelques années chez l'éditeur Genonceaux *, en tête d'un volume bâti de bric et de broc, à coup de fausses citations et de fautes typographiques et intitulé, sans souci qu'il existât de par le monde un poète de quelque renom, s'appelant François Coppée, *Le Reliquaire*. (D'ailleurs l'édition en question fut saisie à la requête même du soi-disant signataire de l'horreur dont s'agit.)

Dans quelques lignes de ces quelques pages sincères, je réfute plusieurs basses calomnies qui tendraient à faire passer Rimbaud pour une espèce de malandrin, et je m'occupe ensuite de l'écrivain.

Le livre assez compact que présente Vanier au public n'eût, à mon avis, rien perdu à être plus *aéré*. J'aurais, si je m'étais trouvé le maître, arrangé plutôt un dessus de panier ; reléguant à part, à la fin du volume, les pièces par trop enfantines presque, ou alors par trop s'écartant de la versification romantique ou parnassienne, et à dire la seule classique, la seule française. (Sur le tard, je veux dire vers dix-sept ans au plus tard, Rimbaud s'avisa d'assonances, de rythmes qu'il appelait « néants » et il avait même l'idée d'un recueil : *Études néantes*, qu'il n'écrivit à ma connaissance, pas.)

Les *Poésies complètes* débutent par une pièce tout à fait jeune, presque *jeune fille*, *Les Étrennes des Orphelins*. Il y a là des vers naïfs : naïveté, ici, est fleur rare qu'il faut cueillir bien vite sans y penser trop, si vous m'en croyez. Il y en a aussi de curieux et de bien faits, et suggestifs, à coup sûr neufs : par exemple : *la bise sous le seuil a fini par se taire*.

Viennent ensuite ce que j'appellerais les chefs-d'œuvre :

---

* Paris, 1891, in-12.

versification impeccable, pensée neuve et forte, trouvailles extraordinaires, *Les Effarés, Les Assis, Les Chercheuses de poux, Le Faune, Cœur volé, Le Sonnet des
voyelles, Les Premières Communions, Le Bateau ivre !*

Suivent des choses plus jolies que belles et non, comme
les poèmes précédemment énumérés, de pur et haut
génie : toutefois, quand je dis jolies, je n'entends pas dire
fades ni banales, Apollon et les Muses me préservent d'un
tel blasphème ! Cela signifie pleines de détails plutôt
charmants, âprement et gentiment sauvages, tels que :

> *Les lunettes de la grand-mère*
> *Et son nez long*
> *Dans son missel...*

tels encore que :
> *Comme des lyres je tirais les élastiques*
> *De mes souliers blessés, un pied près de mon cœur.*

et que :

> *Un orchestre guerrier balançant ses pompons,*

tandis que les bourgeois, auditeurs de concerts militaires,
savourent

> *La musique française et la bière allemande.*

Et bien d'autres gentillesses, mais fortes et savoureuses.

Le livre est clos par quelques poèmes en prose ou vers
libres, très libres, qui ont fait école, paraît-il, mais ce
n'est pas leur faute — car ils sont vraiment inimitables
dans leur beauté mystérieuse et leur français, qui n'a
rien de ronsardisant ni d'exotique — ce qui me semble
l'*omne punctum tulit.*

Et je vous engage vivement à vous procurer ce livre,
un des plus originaux vraiment qui soient, et on peut dire,
grâce à la mort si prématurée de l'auteur, unique, aussi
bien que par le génie.

Et voici, pour ne pas finir sans une citation vraiment
« topique », le fameux sonnet des *Voyelles*, qui n'a jamais
eu, dans l'esprit de Rimbaud, que la prétention, combien

justifiée! de faire, à son gré, sous un prétexte, « parce que », en dehors de toute convention et de toute basse raison de littérature charlatanesque ou captieuse vilement — tout simplement quatorze des plus beaux vers d'aucune langue.

VOYELLES

A noir, E blanc, I rouge, U vert, O bleu, voyelles,
Je dirai quelque jour vos naissances latentes.
A, noir corset velu des mouches éclatantes
Qui bombillent autour des puanteurs cruelles,

Golfes d'ombre; E, candeur des vapeurs et des tentes,
Lances des glaciers fiers, rois blancs, frissons d'ombelles,
I, pourpres, sang craché, rire des lèvres belles
Dans la colère ou les ivresses pénitentes.

U, cycles, vibrements divins des mers virides,
Paix des pâtis semés d'animaux, paix des rides
Que l'alchimie imprime aux grands fronts studieux.

O, suprême Clairon plein de strideurs étranges,
Silences traversés des Mondes et des Anges;
O l'oméga, rayon violet de ses yeux!

(publié en anglais, dans
The Senate, oct. 1895.)

NOUVELLES NOTES

SUR RIMBAUD

Ce n'est pas ici, où le nom et le renom d'Arthur Rimbaud sont familiers, que l'on va s'amuser à ressasser ce qui a été si souvent, quelquefois mal, d'autres fois bien, et dans deux ou trois cas, très bien, dit sur le poète et sur l'homme.

Ceci sera plutôt un peu plus biographique qu'autrement, et pour entrer vite dans le sujet et dans son vif, sachez que, à la fin des vacances 1871, vacances que j'avais passées à la campagne dans le Pas-de-Calais, chez de proches parents, je trouvai, en rentrant à Paris, une lettre signée Arthur Rimbaud et contenant *Les Effarés*, *Les Premières Communions*, d'autres poèmes encore, qui me frappèrent par, comment dirais-je, sinon bourgeoisement parlant, par leur extrême originalité ?

A cette lettre qui, en outre de l'envoi des pièces de vers en question, fourmillait sur son auteur, qui était celui des vers, de renseignements bizarres, tels que « petite crasse », « moins gênant qu'un Zanetto », et qui se recommandait de l'amitié d'un d'ailleurs très bon garçon, commis aux contributions indirectes, grand buveur de bière, poète (bachique) à ses heures, musicien, dessinateur et entomologiste, mort depuis, qui m'avait connu autrefois. Mais tout cela était bien vague, les vers étaient d'une beauté effrayante, vraiment. J'en conférai avec des camarades, Léon Valade, Charles Cros, Philippe Burty, chères ombres ! et, d'accord avec ma belle-famille dans laquelle je demeurais alors, où pour mon malheur plus tard, il fut convenu aussi que le « jeune prodige » descendrait pour commencer, nous le fîmes venir. Le jour de son arrivée, Cros et moi, nous étions si pressés de le recevoir en gare de Strasbourg... ou du Nord que nous le manquâmes et que ce ne fut qu'après avoir pesté, Dieu sait comme! contre notre mauvaise chance, durant tout le trajet du boulevard Magenta au bas de la rue Ramey, que nous le trouvâmes, causant tranquillement avec ma belle-mère et ma femme dans le salon de la petite maison de mon beau-père, rue Nicolet, sous la Butte. Je m'étais, je ne sais pourquoi, figuré le poète tout autre. C'était, pour le moment, une vraie tête d'enfant, dodue et fraîche sur un grand corps osseux et comme maladroit d'adolescent qui grandissait encore et de qui la voix, très accentuée en ardennais, presque patoisante, avait ces hauts et ces bas de la mue.

On dîna. Notre hôte fit honneur surtout à la soupe et pendant le repas resta plutôt taciturne, ne répondant que peu à Cros qui peut-être ce premier soir-là se montrait un peu bien interrogant, aussi! allant, en analyste sans pitié, jusqu'à s'enquérir comment telle idée lui était venue, pourquoi il avait employé plutôt ce mot que tel autre, lui demandant en quelque sorte compte de la « genèse » de ses poèmes. L'autre, que je n'ai jamais connu beau causeur, ni même très communicatif en général, ne répondait guère que par monosyllabes plutôt ennuyés. Je ne me souviens que d'un mot qu'il « eut » à propos des chiens (celui de la maison nommé Gastineau, pourquoi? un échappé à la Saint-Barthélemy du Siège, gambadait autour de la table) : « Les chiens, dit Rimbaud, ce sont des libéraux. » Je ne donne pas le mot comme prodigieux, mais je puis attester qu'il a été prononcé. La soirée ne se prolongea pas tard, le nouveau venu témoignant que le voyage l'avait quelque peu fatigué...

Pendant une quinzaine de jours il vécut chez nous. Il logeait dans une chambre où il y avait, entre autres vieilleries, un portrait d' « ancêtre », pastel un peu défraîchi et que la moisissure avait marqué au front, parmi divers endommagements, d'une tache assez maussade en effet, mais qui frappa Rimbaud de façon tellement fantastique et même sinistre que je dus, sur sa demande réitérée, reléguer ailleurs le lépreux marquis. J'ai cru d'abord à de la farce macabre, à une fumisterie froide...

Je pensai tôt et très tôt après, et je m'y tiens après vingt-quatre ans, plutôt à un détraquement partiel et passager, comme il arrive le plus souvent à ces exceptionnelles natures.

Une autre fois, je le trouvai couché au soleil (d'octobre!) le long du trottoir en bitume d'où s'élevait le perron de quelques marches qui conduisait à la maison.

Ce perron et ce trottoir étaient bien dans la cour et non dans la rue et séparés de celle-ci par un mur et une grille, mais on pouvait voir par celle-ci et l'œil des voisins d'en face directement plongeait sur ce spectacle pour le moins extraordinaire.

D'autres excentricités de ce genre, d'autres encore, ces dernières entachées, je le crains, de quelque malice sournoise et pince-sans-rire, donnèrent à réfléchir à ma belle-mère, la meilleure et la plus intelligemment tolérante des femmes pourtant, et il fut convenu qu'au moment de la rentrée de mon beau-père, en ce moment à la chasse, homme, lui, bourgeoisissime et qui ne supporterait pas un instant un tel *intrus* dans Sa maison, mossieu, on prierait quelques-uns de mes amis qui avaient adhéré et aidé à la venue de Rimbaud à Paris, de le loger à leur tour et de l'héberger, sans pour cela, moi, me désintéresser de « l'œuvre », le moins du monde, bien entendu.

Une très forte amitié s'était formée entre nous deux durant les trois semaines environ qu'avait duré le passage chez moi de l'intéressant pèlerin.

De ses vers passés il m'en causa peu. Il les dédaignait et me parlait de ce qu'il voulait faire dans l'avenir, et ce qu'il me disait fut prophétique. Il commença par le Vers Libre (un vers libre toutefois qui ne courait pas encore le guilledou et ne faisait pas de galipètes, pardon, de galimatias comme d'aucuns plus « modernistes »), continua quelque temps par une prose à lui, belle il s'en fut, claire, celle-là, vivante et sursautante, calme aussi quand il faut. Il m'exposait tout cela dans de longues promenades autour de la Butte, et plus tard, aux cafés du quartier Trudaine et du quartier Latin... puis il ne fit plus rien que de voyager terriblement et de mourir très jeune.

Mais il ne devait s'agir ici que du Recueil chez Vanier

des poésies complètes d'Arthur Rimbaud. Ce recueil vient de paraître. Il contient tout ce que l'on a pu réunir de lui en fait de vers proprement dits, c'est-à-dire ses « productions » jusqu'à 1871 inclusivement. Les quelques autres choses y incluses datent d'après. Les lecteurs de *La Plume* se réjouiront d'y retrouver les chefs-d'œuvre, tous — et s'amuseront à lire des essais, des ébauches, même des débauches, ô littéraires! d'extrême jeunesse... Ils sortiront de cette lecture, admirateurs des poèmes connus et comme classiques, charmés de quelques pièces verveuses, *Les Raisons de Nina, Ma bohème, Sensation*, un peu ou beaucoup horrifiés de certaines autres, farouches jusqu'à la cruauté, *Les Poètes de sept ans, Mes petites amoureuses.*

N'est-ce pas tout ce qu'il faut ressentir à l'égard d'un volume de vers en ces temps affadis? L'admiration, le charme et... quelque belle et bonne (c'est ici le cas) horrification!

Octobre 1895.

(*La Plume*, 15-30 nov. 1895.)

ARTHUR RIMBAUD

CHRONIQUE

Il y a quelques mois, à l'occasion d'un monument tout simple qu'on élevait à Murger dans le Luxembourg, j'écrivais ici même quelques lignes qu'on a taxées dans certains milieux, un peu bien grincheux, faut l'avouer, « de complaisance » : à qui et pour qui, grands dieux! Et pourquoi ces soupçons, ou pour mieux dire ces semblants, ces façons, ces manières, ces grimaces de soupçons ? A cause, je le présume et je m'y tiens, de l'indulgence que j'ai, dans le cas qui m'occupait, professée envers une mémoire légère et gracieuse, quoi qu'en aient dit ces incompétents censeurs, et, l'indulgence, ces messieurs n'en veulent plus, étant, eux, tout d'une pièce, parfaits et ne souffrant que des gens parfaits... Il est vrai que si on les scrutait, eux enfin! Mais passons, et sautons au sujet qui doit occuper ces quelques lignes.

Il se trouve donc que quelques mois après mon article sur le bohème Murger, j'élucubre ici un article sur je ne dirai pas le bohème Rimbaud, le mot serait faux et il vaut même mieux, mieux même, lui laisser toute son « horreur » en supprimant l'épithète.

Rimbaud! et c'est assez!

Non. Rimbaud ne fut pas un « bohème ». Il n'en eut ni les mœurs débraillées, ni la paresse, ni aucun des défauts qu'on attribue généralement à cette caste, bien vague, toutefois, et peu déterminée jusqu'à nos jours.

Ce fut un poète très jeune et très ardent, qui commença

A peine au sortir de l'enfance

à voyager à travers sa pittoresque contrée natale d'abord, puis parmi les paysages belges si compliqués, et enfin gravita, au milieu des horreurs de la guerre, jusqu'à Paris, laissant derrière ses pieds infatigables la forêt de Villers-Cotterêts et les campagnes fortifiées, par l'ennemi, de l'Ile-de-France. Lors de ce premier voyage dans la capitale il joua une première fois de malheur, fut arrêté dès en arrivant, fourré à Mazas, au dépôt, et finalement expulsé de Paris, et rejoignit comme qui dirait de brigade en brigade, sa famille alarmée, tandis que sur son passage s'émouvait encore le sillage laissé par le poète dans un monde « littéraire » qui ne le comprit pas assez, et d'ailleurs tout à la débandade, par suite de la guerre de 1870 qui commençait à sévir ferme. Les gens furent stupéfaits de tant de jeunesse et de talent mêlés à tant de sauvagerie et de positive lycanthropie. Les femmes elles-mêmes, les dernières grisettes (dernières ?) (grisettes ?) eurent peur ou frisson de ce gamin qui semblait ne pas, mais pas le moins du monde, penser à elles.

De sorte que lorsqu'il revint à Paris, un an et plus, après, il n'y fut pas populaire, croyez-moi. Sauf un petit groupe de Parnassiens indépendants, les grands Parnassiens (Coppée, Mendès, Heredia) n'admirèrent que mal ou pas du tout le phénomène nouveau. Valade, Mérat, Charles Cros, moi donc, excepté, il ne trouva guère d'accueil dans la capitale revisitée. Mais celui qu'il reçut là fut vraiment cordial et... effectif; l'hospitalité la plus aimable, la plus large... et là plus *circulaire*, c'est-à-dire, au fond, la plus commode de toutes, le tour de chacun dans l'au-jour le jour de la saison coûteuse et glaciale, je ne crois pas qu'homme eût jamais été l'objet d'une aussi gentille confraternité, d'une aussi délicate solidarité témoignées...

Aussi! c'était l'auteur, jeune invraisemblablement, de vers si extraordinaires, puissants, charmants, pervers! Il arrivait avec ce bagage précieux, spécieux, captieux! Des idylles savoureuses de nature réelle et parfois bizarrement, mais précieusement vue; des descriptions vertigineuses vraiment géniales, *Le Bateau ivre*, *Les Premières Communions*, chef-d'œuvre à mon gré d'artiste, parfois bien réprouvable pour mon âme catholique, *Les Effarés* que dans l'Édition nouvelle des *Poésies complètes* *, une main pieuse, sans doute, mais, à mon sens lourde et bien maladroite, en tout cas, a « corrigés » dans plusieurs passages, pour des fins antiblasphématoires bien inattendues, mais que voici intégralement dans leur texte exquis et superbe :

LES EFFARÉS

Noirs dans la neige et dans la brume,
Au grand soupirail qui s'allume,
Leurs culs en rond,

A genoux, cinq petits — misère ! —
Regardent le boulanger faire
Le lourd pain blond.

Ils voient le fort bras blanc qui tourne
La pâte grise et qui l'enfourne
Dans un trou clair;

Ils écoutent le bon pain cuire.
Le boulanger au gras sourire
Chante un vieil air.

Ils sont blottis, pas un ne bouge,
Au souffle du soupirail rouge
Chaud comme un sein.

Quand, pour quelque médianoche,
Façonné comme une brioche,
On sort le pain,

Quand, sur les poutres enfumées,
Chantent les croûtes parfumées
Et les grillons,

Que ce trou chaud souffle la vie
Ils ont leur âme si ravie,
Sous leurs haillons,

* Chez Léon Vanier.

Ils se ressentent si bien vivre,
Les pauvres Jésus pleins de givre,
Qu'ils sont là, tous,

Collant leurs petits museaux roses
Aux grillages, grognant des choses
Entre les trous,

Tout bêtes, faisant leurs prières,
Et repliés vers ces lumières
Du ciel rouvert,

Si fort qu'ils crèvent leur culotte
Et que leur chemise tremblote
Au vent d'hiver.

Tel est le livre qui vient de paraître chez Vanier, le plus complet possible au point de vue des vers *traditionnels*, ajouterai-je, car Rimbaud fit ensuite, c'est-à-dire tout de suite après sa fuite libre, non sa reconduite (cette fois-ci) de Paris, sa fuite en quelque sorte triomphale, de Paris, des vers libres superbes, encore clairs, puis telles très belles proses qu'il fallait.

Puis, après avoir tenté, non pas la fortune, ni même la chance, mais le Désennui, dans des voyages néanmoins occupés en des industries riches d'aspect et de ton (dents d'éléphants, poudre d'or), il mourut d'une opération manquée, retour du Harrar, à l'Hôpital de la Conception à Marseille, dans, assure l'éditeur autorisé des *Poésies complètes*, les sentiments de la plus sincère piété.

(*Les Beaux Arts*, 1er décembre 1895.)

1. Le titre primitif (Manuscrit et *Gazette rimée*) est : *Fêtes galantes*.

2. Manuscrit et *Gazette rimée : Clair de lune de Watteau*.

3. Danseuse française (1710-1770). Elle a été peinte par Lancret.

4. Manuscrit : *Ça, baisons nos bergères*

5. Pour l'édition de 1886, Verlaine fit supprimer les virgules des vers 12, 14 et 19.

6. En 1886, Verlaine supprima les deux virgules.

7. L'édition originale donne *quand tu t'enflammes*. Il s'agit probablement d'une faute d'impression, puisque la leçon de toutes les rééditions successives est celle du manuscrit.

8. Titre primitif du manuscrit et de la *Gazette rimée : Trumeau*.

9. Le manuscrit comporte une dédicace : *A Arthur Rimbaud, P. V. Londres, mai 1873*.

10. C'est sans doute à Rimbaud que Verlaine doit son goût pour Favart (voir la lettre à Rimbaud du 2 avril 1872). Les premiers opéras-comiques français étaient appelés « comédies à ariettes ». Favart (1710-1792) fut le créateur du genre.

11. Dans le manuscrit de ce poème, envoyé à Émile Blémont le 22 septembre 1872, on lit successivement : *J'entrevois une aurore future*, puis *Cher amour* et enfin la leçon définitive.

12. Manuscrit Blémont : *Où tremblote au milieu du jour trouble*.

13. Cette phrase n'appartient pas aux écrits de Rimbaud qui nous sont parvenus.

14. Le manuscrit porte : *qui s'effrite*, puis *qui s'y noie*, puis *qui s'ennuie* et, en marge, la leçon définitive.

15. Le manuscrit et l'édition originale comportent une épigraphe :
De la douceur, de la douceur, de la douceur.
(*Inconnu*)
Cet inconnu est Verlaine lui-même (voir, dans les *Poèmes saturniens*, le poème « Lassitude »).

16. L'édition préoriginale (*La Renaissance littéraire et artistique*, 29 juin 1872) donne : *vieux Refrain*.

17. François-les-bas-bleus, héros de Charles Nodier, est écrivain public.

18. Allusion à l'épigramme de Trissotin dans *Les Femmes savantes* :
« Sur un carosse, de couleur amarante, donné à une dame de ses amies ».

19. Cette graphie incorrecte et cette prononciation approximative du nom du financier Law (1671-1729), qui arriva à persuader maint épargnant de changer ses monnaies métalliques contre des actions émises par lui, sont un jeu de mots sur le mot anglais *loss* (perte). L'opération se termina en effet par une gigantesque banque-route.

20. Esprits espiègles du folklore allemand (cf. le français *gobelin*) considérés parfois comme des génies souterrains, gardiens des trésors.

21. Dans le manuscrit, une variante non retenue : *Le railway défile en silence.*

22. Dans le manuscrit et dans l'édition originale figurent deux épigraphes :

> *En robe grise et verte avec des rûches*
> *Un jour de juin que j'étais soucieux*
> *Elle apparut souriante à mes yeux*
> *Qui l'admiraient sans redouter d'embûches*
> > *(Inconnu)*

et

> *Elle est si jeune!*
> > *(Liaisons dangereuses)*

L'inconnu est, encore une fois, Verlaine (*Bonne chanson* III)

23. Manuscrit Blémont : *un lamentable homme.*

24. Le manuscrit envoyé à Lepelletier à l'automne de 1872 porte :

> *Là! n'est-il pas vrai que j'avais raison*

corrigé dans le manuscrit Blémont en :

> *Là! vous voyez bien que j'avais raison*

25. Manuscrit Lepelletier :

> *Rien de tel, hélas! que le seul désir*
> *D'être heureux! — malgré la saison!...*

26. Manuscrit Blémont :

> *Oui, je souffrirai comme un bon soldat*
> *Blessé qui s'en va mourir dans la nuit*
> *Du champ de bataille où s'endort tout bruit*
> *— Plein d'amour pour quelque pays ingrat.*

27. Manuscrit et édition originale : *un œil de sa face!*

28. Le 8 janvier 1867, le critique Henri Nicolle reprochait à Verlaine son emploi excessif de graphies grecques (voir notre édition des *Poèmes saturniens*, Garnier-Flammarion, 1977) et prophétisait :

« S'il allait à Londres, notre poète chanterait assurément qu'il a parcouru de larges *streets* et qu'il a vu le palais de la *queen*. »

29. Manuscrit et édition originale : *Entre vos jeunes seins.*

30. Dans le manuscrit Blémont, ce poème et le suivant sont datés : *Londres 2 avril 1873.*

31. Allusion au mot que Chateaubriand (qui le démentit par la suite) aurait prononcé sur Victor Hugo en 1820.

32. Ce fragment de l'avertissement de l'édition de 1884 ne fut pas repris dans l'édition de 1888.

33. Charleville.

34. Allusion à *L'Amour* (1858) et *La Femme* (1859).

35. C'est la première allusion à une destruction, par Mathilde, de

manuscrits de Rimbaud. Il s'agit peut-être de la trop fameuse *Chasse spirituelle.*

36. Dans l'édition de 1888, Verlaine ajouta la note suivante : « Les *Illuminations* ont été retrouvées ainsi que quelques poèmes. Une œuvre complète ne peut que paraître plus tard, avec une curieuse notice anecdotique et de nombreux portraits, en une édition de grand luxe. »

37. Note de l'édition de 1888 : « Des jeunes gens, dans un but qui leur paraît inoffensif, publient de temps en temps des vers sous la signature Arthur Rimbaud. Il est bon de savoir que les seuls vers authentiques de Rimbaud sont, avec ceux cités ci-dessus, *Premières communions* parues dans une revue morte depuis. Notre vieille amitié nous fait un devoir impérieux d'écrire cette note. »

38. Ce texte constitue le fascicule 318 de la série des *Hommes d'aujourd'hui* à laquelle Verlaine fournit vingt-sept biographies. Le bon à tirer fut donné le 17 janvier 1888. La rédaction remonte à 1887.

39. Félix Fénéon avait consacré aux *Illuminations* une étude qui parut dans *Le Symboliste* du 7 octobre 1886. La fortune de cette phrase (« œuvre enfin hors de toute littérature, et probablement supérieur à toute ») fut considérable.

40. En réalité le 20 octobre 1854.

41. Rimbaud arriva à Paris le 10 septembre.

42. Sans doute Verlaine lui-même, qui l'aurait ensuite envoyé à Germain Nouveau.

43. Les fascicules étaient accompagnés de portraits-charges, dans ce cas, une caricature de Luque.

44. Ce texte, signalé et publié par Jules Mouquet dans *Rimbaud raconté par Paul Verlaine*, n'a pas été retrouvé. Selon Mouquet il serait paru — mais ce renseignement est inexact — dans *La Revue indépendante* de février 1892.

45. En 1891, Verlaine avait déclaré à Jules Huret, qui lui posait des questions pour son *Enquête sur l'évolution littéraire :*

« Le symbolisme ?... comprends pas... ça doit être un mot allemand... hein ? Qu'est-ce que ça peut bien vouloir dire ? Moi, d'ailleurs, je m'en fiche. »

Un peu plus loin il ajoutait : « Ils m'embêtent à la fin les symbolistes ! »

46. Sur ce leit-motiv verlainien voir *supra,* n. 35.

47. Gustave Kahn était directeur de *La Vogue* lors de la publication des *Illuminations*, et Fénéon avait été chargé de préparer l'édition. Édouard Dujardin dirigeait *La Revue indépendante* et Anatole Baju *Le Décadent.*

48. *Le Décadent* avait publié des parodies de Rimbaud dues à Laurent Tailhade, Maurice du Plessys et Ernest Raynaud.

49. Le 20 novembre 1891, paraissait sous le titre *Le Reliquaire* une édition de Rimbaud, avec une préface de Rodolphe Darzens. La bonne foi de celui-ci avait-elle été surprise ? Il fit, en tout cas, saisir l'édition.

50. Dès le 19 décembre 1891, un peu plus d'un mois après la mort de Rimbaud, sa sœur Isabelle commençait à modeler dans le *Petit*

Ardennais la biographie officielle du poète, qui contredit en plusieurs points celle donnée par Verlaine. Il n'est pas surprenant que celui-ci ait retenu cependant le récit de la mort édifiante d'Arthur Rimbaud. Dans sa lettre au *Petit Ardennais*, Isabelle employait déjà l'expression : « mort comme un saint ».

ARCHIVES DE L'ŒUVRE

I

LE DOSSIER VERLAINE-RIMBAUD

En marge des écrits sur Rimbaud, il a paru utile de rassembler les lettres ou les fragments de lettres qui éclairent les relations entre les deux poètes entre septembre 1871 et le drame de Bruxelles, en juillet 1873. On a ajouté à cet ensemble les quelques lettres qui attestent la brève rencontre de Stuttgart, en octobre 1875. L'admirable « Crimen amoris », publié dans *Jadis et Naguère* en 1884 (il avait été écrit à Bruxelles, en prison), et deux poèmes extraits de *Dédicaces* permettent de conclure ce dossier sur une note plus exaltante.

★

I. *Avant l'arrivée de Rimbaud à Paris* (vers le 10 septembre 1871).

I. RIMBAUD A G. IZAMBARD

Charleville, 25 août 1870.

[...] J'ai les *Fêtes galantes* de Paul Verlaine, un joli in-12 écu. C'est fort bizarre, très drôle; mais vraiment, c'est adorable. Parfois de fortes licences : ainsi,

Et la tigresse épou - vantable d'Hyrcanie

est un vers de ce volume. Achetez, je vous le conseille, *La Bonne Chanson*, un petit volume de vers du même poète : ça vient de paraître chez Lemerre; je ne l'ai pas lu : rien n'arrive ici; mais plusieurs journaux en disent beaucoup de bien.

2. RIMBAUD A PAUL DEMENY

Charleville, 15 mai 1871[1].

[...] — la nouvelle école, dite parnassienne, a deux voyants, Albert Mérat et Paul Verlaine, un vrai poète.

1. Extrait de la lettre dite « du voyant ».

3. RIMBAUD A VERLAINE [1]

[Charleville, septembre 1871.]

[Rimbaud se déclare admirateur enthousiaste de Verlaine. Il lui confie son idéal, ses rages, son enthousiasme, son ennui, tout ce qu'il est.

Lui aussi est poète; il soumet ses vers au jugement de Verlaine. Il joint à sa lettre Les Effarés, Accroupissements, Les Douaniers, Le Cœur volé, Les Assis, *recopiés par Delahaye en petite ronde, parce que ça ressemble davantage à l'imprimé et que ça se lit mieux.*

Quelques jours après, sans attendre la réponse de Verlaine, Rimbaud lui adresse une nouvelle lettre avec d'autres poèmes, Mes petites amoureuses, les Premières Communions, Paris se repeuple...]

1. Lettre résumée par A. Adam selon les indications de Delahaye et de Mathilde.

4. RIMBAUD A VERLAINE

[Charleville, septembre 1871.]

[...] J'ai fait le projet de faire un grand poème, et je ne peux travailler à Charleville. Je suis empêché de venir à Paris, étant sans ressources. Ma mère est veuve et extrêmement dévote. Elle ne me donne que dix centimes tous les dimanches pour payer ma chaise à l'église.

[...] Petite crasse [...]

[...] moins gênant qu'un Zanetto [1].

1. Personnage du *Passant* de Coppée.

5. VERLAINE A RIMBAUD

Paris, septembre 1871.

[...] J'ai comme un relent de votre lycanthropie [...]
Vous êtes prodigieusement armé en guerre [...]

6. VERLAINE A RIMBAUD

Paris, septembre 1871.

[...] Venez, chère grande âme, on vous appelle, on
vous attend.

★

II. *La première séparation (mars-mai 1872).*

7. VERLAINE A RIMBAUD

Paris, [...] mars 1872.

[...] On t'en veut, et férocement!... Des Judiths! Des
Charlottes! [...]

8. VERLAINE A RIMBAUD

Paris, le 2 avril 1872.

Du café de la Closerie des Lilas.

Bon ami,
C'est charmant, l'*Ariette oubliée* [1], paroles et musique!
Je me la suis fait déchiffrer et chanter! Merci de ce
délicat envoi! Quant aux envois dont tu me parles, fais-
les *par la poste*, toujours à Batignolles, r[ue] Lécluse.
Auparavant, informe-toi des prix de port, et si les

1. Selon toute vraisemblance, une ariette de Favart.

sommes te manquent, préviens-moi, et je te les enverrai par timbres ou mandats (à Bretagne). Je m'occuperai très activement du bazardage et ferai de l'argent — envoi à toi, ou gardage pour toi à notre revoir — ce que tu voudras m'indiquer.

Et merci pour ta bonne lettre! Le « petit garçon » accepte la juste fessée, l' « ami des crapauds » retire tout, — et n'ayant jamais abandonné ton martyre, y pense, si possible — avec plus de *ferveur* et de joie encore, sais-tu bien, Rimbe.

C'est ça, aime-moi, protège et donne confiance. Étant très faible, j'ai très besoin de bontés. Et de même que je ne t'emmiellerai plus avec mes petitgarçonnades, aussi n'emmerderai-je plus notre vénéré Prêtre de tout ça, — et promets-lui pour bientissimot une vraie lettre, avec dessins et autres belles goguenettes.

Tu as dû depuis d'ailleurs recevoir ma lettre sur pelure rose, et probab[lement] m'y répondre. Demain j'irai à ma *poste restante* habituelle chercher ta missive probable et y répondrai... Mais quand diable commencerons-nous ce *chemin de croix*, — hein ?

Gavroche [1] et moi nous sommes occupés aujourd'hui de ton déménagement. Tes frusques, gravures et moindres meubles sont en sécurité. En outre, tu es locataire rue Campe jusqu'au huit. Je me suis réservé, — jusqu'à ton retour, — 2 gougnottes à la sanguine que je destine à remplacer dans son cadre noir le *Camaïeu* du docteur. Enfin, on s'occupe de toi, on te désire. A bientôt, — pour nous, — soit ici, soit ailleurs.

Et l'on est tous tiens.

P. V.
Toujours même adresse

Merde à Mérat — Chanal — Périn, Guérin! et Laure!
Feu Carjat t'accolle!
Parle-moi de Favart, en effet.
Gavroche va t'écrire *ex imo*.

---

1. Le dessinateur Forain.

9. RIMBAUD A VERLAINE

Charleville, avril 1872.

[...] Le travail est plus loin de moi que mon ongle l'est de mon œil. Merde pour moi! Merde pour moi! Merde pour moi! Merde pour moi? Merde pour moi! Merde pour moi! Merde pour moi! Merde pour moi!

. . . .

Quand vous me verrez manger positivement de la merde, alors seulement vous ne trouverez plus que je coûte cher à nourrir!...

10. VERLAINE A RIMBAUD

[Paris, avril 1872.]

Rimbaud,

Merci pour ta lettre et *hosannah* pour ta « *prière* ».

Certes, nous nous reverrons! Quand? — Attendre un peu! Nécessités dures! Opportunités roides! — Soit! Et merde pour les unes comme merde pour les autres. Et comme merde pour Moi! — et pour Toi!

Mais m'envoyer tes vers « mauvais » (!!!!), tes prières (!!!), — enfin m'être simpiternellement communicatif, — en attendant mieux, après mon *ménage retapé*. — Et m'écrire, *vite*, — par Bretagne, — soit de Charleville, soit de Nancy, *Meurthe. M. Auguste Bretagne, rue Ravinelle, n° 11, onze.*

Et ne jamais te croire lâché par moi. — Remember! Memento!

Ton
P. V.

Et m'écrire bientôt! Et m'envoyer tes vers anciens et tes prières nouvelles. — N'est-ce pas Rimbaud?

II. VERLAINE A RIMBAUD

[Paris, mai 1872.]

Cher Rimbe bien gentil, je t'accuse réception du crédit sollicité et accordé, avec mille grâces, et (je suis follement heureux d'en être presque sûr) *sans remise* cette fois. Donc à samedi, vers 7 heures toujours, n'est-ce pas ? — D'ailleurs, avoir marge, et moi envoyer sous en temps opportun.

En attendant, toutes lettres martyriques chez ma mère, toutes lettres touchant les revoir, prudences, etc., chez *M. L. Forain, 17, quai d'Anjou, Hôtel Lauzun, Paris, Seine (pr M. P. Verlaine)*.

Demain, j'espère pouvoir te dire qu'enfin j'ai l'Emploi (secrétaire d'assurances).

Pas vu Gavroche hier bien que rendez-vous. Je t'écris ceci au Cluny (3 heures), en l'attendant. Nous manigançons contre quelqu'un que tu sauras de *badines vinginces*. Dès ton retour, pour peu que ça puisse t'amuser, auront lieu des choses *tigresques*. Il s'agit d'un monsieur qui n'a pas été sans influence dans tes 3 mois d'Ardennes et mes 6 mois de merde. Tu verras, quoi!

Chez Gavroche écris-moi et me renseigne sur mes devoirs, la vie que tu entends que nous menions, les joies, affres, hypocrisies, cynismes, qu'il va falloir : moi tout tien, tout toi, — le savoir! — Ceci chez Gavroche.

Chez ma mère *tes lettres martyriques*, sans allusion aucune à aucun revoir.

Dernière recommandation : dès ton retour, m'empoigner de suite, de façon à ce qu'aucun secouïsme, — et tu le pourras si bien!

Prudence :

faire en sorte, au moins quelque temps, d'être moins terrible d'aspect qu'avant : *linge, cirage, peignage, petites mines :* ceci nécessaire si toi entrer dans projets tigresques : moi d'ailleurs lingère, brosseur, etc. (si tu veux).

(Lesquels projets d'ailleurs, toi y entrant, *nous* seront utiles, parce que « *quelqu'un de très grand à Madrid* » y *intéressée,* — d'où *security very good !*).

Maintenant, salut, revoir, joie, attente de lettres,

attente de Toi. — Moi avoir 2 fois cette nuit rêvé : *Toi, martyriseur d'enfant*, — *Toi tout goldez* *. Drôle, n'est-ce pas, Rimbe!

Avant de fermer ceci j'attends Gavroche. Viendra-t-il ? — où lâcherait-il ? (— à dans quelques minutes! —)

---

* En anglais, *doré* : j'oubliais que tu ignorais cette langue autant que moi.

4 heures après-midi.

Gavroche venu, repar' d'hon' gîtes sûrs. Il t'écrira.

Ton vieux,
P. V.

M'écrire tout le temps de tes Ardennes
t'écrire tout celui de ma merde.
Pourquoi pas merde à H. Regnault ?

*

III. *Le départ à deux, Belgique et Angleterre (7 juillet-fin novembre 1872).*

12. VERLAINE A SA FEMME

[Bruxelles, juillet 1872.]

Ma pauvre Mathilde, n'aie pas de chagrin, ne pleure pas; je fais un mauvais rêve, je reviendrai un jour.

13. VERLAINE A SA FEMME [1]

[Bruxelles, juillet 1872.]

Misérable fée carotte, princesse souris, punaise qu'attendent les deux doigts et le pot, vous m'avez fait tout,

---

1. Lettre envoyée après la visite de Mathilde à Bruxelles.

vous avez peut-être tué le cœur de mon ami; je rejoins
Rimbaud, s'il veut encore de moi après cette trahison
que vous m'avez fait faire.

14. A LEPELLETIER

[juillet 1872 ?]

Mon cher Edmond,
Je voillage vertigineusement. Écris-moi par ma mère,
qui sait à peine « mes » adresses, tant je voillage! Précise
l'ordre et la marche. Rime-moi et écris-moi rue Lécluse,
26. — Ça parviendra — ma mère ayant un aperçu vague
de mes stations... psitt! psitt! — Messieurs, en wagon!

Ton

P. V.

Respects à « Madame » et bons souhaits.
M. E. Lepelletier, 26, rue Lécluse, Paris-Batign.

15. VERLAINE A LEPELLETIER

[Début de septembre 1872.]

Mon cher ami, tu es certainement au courant de toute
cette affaire, car il paraît que ma femme, — après m'avoir
écrit lettres illogiques sur lettres insensées, rentre enfin
dans sa vraie nature qui est *pratique* et bavarde... à
l'excès. Ne me demande-t-elle pas 1.200 fr. de pension!
Ne veut-elle pas me faire interdire! Tout ça parce que
je ne peux plus vivre sous le toit beau-paternel, ainsi
que toute ma vie, depuis que j'ai eu la bêtise d'entrer
chez des *beaux parents*, toutes mes lettres, toutes mes
paroles, tous mes actes l'ont archi-prouvé. Puis il paraît
qu'elle clabaude sur mon départ avec Rimbaud; avec ça
que c'est compromettant pour un homme de voyager

avec un ami! — Ah! elle oublie donc qu'elle est, elle, femme, restée *seule* deux mois à Périgueux et que j'ignorais son adresse! Mais à quoi bon te rabâcher tout ça que tu sais et que tu comprends aussi bien que moi.

Le fait est que je suis horriblement triste, car j'aime ma femme trop : tu m'as vu du reste, ta sœur aussi, dans ce fatal mois de février, — mais tout en souffrant jusqu'à en évidemment bientôt mourir, je passe du moins par moins d'horreur douceâtre (c'est la pire), par moins de coups d'épingle, de piqûres de punaise, que dans cette exécrable maison Nicolet. Je désire ardemment que ma femme revienne à moi, certes, et c'est même le seul espoir qui me soutienne encore (et Dieu sait, si cela arrive, comme elle reconnaîtra toute la sincérité de mes protestations incessantes), mais *jamais plus* je ne rentrerai *là-dedans!* d'où toutes les taquineries, indélicatesses, crochetages de tiroirs (que c'en est un tic) et autres menues *provocations*, m'ont expulsé, haineux et défiant, moi toute tendresse et toute naïveté, hélas!

Mais assez geindre.

Tu me feras le plus grand plaisir en m'écrivant. Avant de te donner une adresse définitive, je te prierai d'ainsi rédiger tes adresses à moi : M. P. Verlaine, chez Mme Vve Verlaine, 26, rue Lécluse. Batignolles, Paris. Je le répète, tu me feras le plus grand plaisir, car, si tu es *mauvaise langue*, je te crois bon ami, et tu sais que je suis le tien bien sincère. Écris-moi donc vite.

Mes meilleures amitiés à ta charmante femme, ainsi qu'à ton excellente sœur.

Ton pauv'vieux,

P. V.

(Serre pinces à Oliveira, notre Nanteuil, Charlor, Battur et autres bons bougres !)

Il va sans dire que j'excepte de mes imprécations Mme Mauté qui fut toujours très bien, et Sivry qui n'a qu'un tort, qui est *d'un peu lâcher*.

Je ne te donne pas adresse parce que toi *mauvaise langue* d'abord, et ensuite moi wagonner et paquebotter insensément : pas t'en formaliser et m'écrire vite, vite, vite.

A une proche occase, t'écrirai très curieux détails pittoresques et enverrai vers nouveau-modèle très bien; mais écris et envoie, toi aussi.

Serre pince,

P. V.

16. VERLAINE A BLÉMONT

Londres, 22 septembre 1872.

[...] Indépendamment de toutes occupations littéraires, lucratives ou non, je me propose de m'employer à la correspondance française d'un négociant de mes amis intimes en résidence ici et à la tête d'une forte maison. — Tout cela, tant pour ma dignité personnelle et pour la vie gagnée que pour fermer la bouche à ceux qui auraient dit que c'était *pour faire la noce* et *pour manger la dot de ma femme* (c'est de Gill que je tiens ce propos), que j'avais, de guerre lasse et après six mois de vexations infernales fui la maison de mon exécrable parâtre! Mais brisons là sur ces questions irritantes.

17. VERLAINE A LEPELLETIER

Londres, le 24 7bre 72.

Mon cher Edmond,

D'abord des reproches sur ton absence de lettres, — puis, avant la suite des détails londoniens, — quelques conseils que je te vais demander.

Ayant fui, Loth imprévoyant, la Gomorrhe de la rue Nicolet, sans rien du tout emporter, me voici *nudus, pauper*, sans livres, tableaux et tous autres objets à moi appartenant et détenus par l'aimable famille que tu sais, sans que je sache le moyen de leur faire cracher tout ça. Veuilles m'induire dans les voies amiables s'il se peut, ou bien (alors!) *légales* de rattraper mon *fade*. Explique-moi ça bien.

Il y a bien l'*enfant* aussi, que l'on voudrait bien m'escamoter et qu'en attendant, on *cache à ma mère* (qui, nom de Dieu! n'en peut mais), mais pour ça, comme c'est un *délit* atroce, point, je pense, ne m'est besoin de m'en remettre à autre chose qu'aux justices humaine ou *divine !* De cette dernière, s'il le faut, je serai le bras *provoqué.* [...]

18. VERLAINE A BLÉMONT

Londres, le 1ᵉʳ octobre 1872.

[...] Je travaille beaucoup, indépendamment des chasses à l'*emploi*, — *rara avis* ici. — Néanmoins il y a des moments où la tristesse m'assomme. C'est si triste d'*avoir raison* d'avoir fait ce que j'ai fait, après avoir tout fait pour n'en point venir là : l'on saura tout un jour, et que c'est moi qui suis l'*abandonné* et qu'une effroyable coalition de sottise, de méchanceté et d'inouïe indélicatesse m'a seule déterminé. Quant aux calomnies prudhommesques et commentaires impertinents (dont plusieurs me parviennent assez quotidiennement) quoi faire que de m'en foutre. — Confidentiel ce paragraphe, n'est-ce pas ?

P. V.

19. A VICTOR HUGO

Londres, le 4 octobre 1872.

Mon cher Maître,

Je n'ai pas voulu, lors de mon départ de chez mon beau-père, vous importuner de mes affaires particulières, ni opposer une importune apologie aux récriminations dont n'aura pas manqué de vous accabler ma trop jeune femme...

L'intérêt qui s'attache à une jeune femme *quittée* est trop légitime pour que je songe à invoquer d'autre « excuse » que celle-ci : *C'est moi le quitté.* Quitté pour mon beau-père, pour une coterie qui m'a trouvé trop sévère, mais faible, durant plus d'un an, quitté par un caprice de pensionnaire infatuée, à cause de la *Bonne Chanson* et de mon inqualifiable faiblesse vis-à-vis de tous ses caprices...

20. VERLAINE A BLÉMONT

Londres, le 5 8bre 72.

[...] Je savais à peu près les inimitiés que vous me signalez. Quelques noms qui m'ont bien étonné, d'Hervilly, Pelletan, me sont même parvenus avec des propos quelque peu méchants. Mais, comme je vous l'écrivais, j'y prête peu attention. Ce sont jusqu'à présent les Mauté qui ont tenu le crachoir. Il m'a plu jusqu'à présent de ne rien relever de leurs sales calomnies. Mais on saura bientôt toutes les cochonneries, dont je fus et suis encore la victime. Les tiroirs crochetés, comme en janvier, en mon absence, les ruses infernales pour me ramener dans leur cambuse, les hypocrisies puis les grossiers manèges, l'incroyable impertinence de ces gens à l'égard de ma famille, qui certes vaut mille fois la leur, et pour finir, les tentatives d'ignoble chantage et de spoliation presque à main armée, ainsi que les dénonciations plus que probables, à la police politique, on saura tout, vous dis-je! Alors ceux qui blaguent, hypocrisent ou déchirent, en seront pour leur courte honte et pour leur mauvaise action : ils verront s'il est propre de conchier un ami absent sur la foi d'un vieux gredin et d'une petite fille rageuse et froidement haineuse à cause du mal qu'elle m'a fait, comme toujours! Mais je m'étais juré de ne point vous emmieller de tout ça! Maudit bavard que je suis.

21. VERLAINE A LEPELLETIER

[Octobre 1872.]

[...] Merci des bons détails pratiques. J'en profiterai. J'ai écrit à ma femme relativement au rapatriage de mes affaires. Si récalcitrante, agirai autrement.

Bien triste tout de même de toutes ces indélicatesses, grossièretés, perfidies vulgaires et fractures récidivistes de tiroirs. Plus triste encore de cet abandon de moi par ma femme, en faveur d'un tel beau-père. Je dis abandon, puisque je n'ai cessé de l'appeler auprès de moi et qu'elle ne m'écrit même plus, après avoir été déblatérer follement sur moi, et insulter ma mère, *à qui elle n'envoie même pas mon fils !* Dis tout ça aux *ébahis* d'entre nos amis.

22. VERLAINE A LEPELLETIER

Londres, [8 novembre 1872].

Merci de tes bons conseils, mon cher ami, je les suivrai, bien qu'il m'eût été doux de quelque peu confondre tout de suite les abominables calomnies dont on me crible dans je ne sais quel but de chantage. J'avais à cet effet préparé un mémoire, qui, alors, me servira plus tard. Là-dedans j'expose avec lucidité et, je le crois, avec une émotion communicative tout ce que cette malheureuse m'a fait souffrir et tout ce qui a amené mes morosités de la fin. Quant à l'immonde accusation, je la pulvérise, pensé-je, terriblement et en rejette tout le dégoûtant opprobre sur ces misérables. J'y dis les inouïes perfidies de ces derniers temps et je démontre clair comme le jour que toute cette affaire de c.l, qu'on a l'infamie de me reprocher, est une simple intimidation (*sive* chantage) à l'effet d'une pension plus grosse. Tous les illogismes, indélicatesses, mensonges et ruses, tout y passe. J'y expose, dans une analyse psychique, mais très claire et très sobre, sans phrase ni paradoxe, les mobiles hautement honorables et sympathiques de ma très réelle, très profonde et *très-persévérante* amitié pour Rimbaud, — je n'ajouterai pas *très pure*

— fi donc! D'ailleurs tu en auras connaissance au premier jour, et m'en écriras ton avis, puisque tu veux bien m'offrir tes bons offices d'ami et d'homme versé en la matière, offices que j'accepte de tout cœur.

Je vais m'occuper de récupérer mes hardes et bibelots qu'ils persistent à me détenir, malgré une demande officieuse que je leur avais envoyée, sous la forme d'une lettre très affectueuse à ma femme.

Il va sans dire que si des amis continuent à *hésiter* et surtout si l'on sait de quoi il s'agit dans l'assignation, je t'autorise à répéter tout ce que je te dis là, au besoin à leur montrer mes lettres, — à moins que tu ne croies meilleur de garder le silence. [...]

23. VERLAINE A LEPELLETIER

Londres, 10 9bre 72.

[...] Certes, oui, je me vais défendre, et comme un beau diable et j'attaquerai, et moi aussi j'ai tout un paquet de lettres et tout un stock d' « aveux » dont j'userai, puisqu'on me donne l'exemple. Car je sens qu'à ma très sincère affection (tu en as été témoin cet hiver) succède un parfait mépris, quelque chose comme le sentiment des talons de bottes pour les crapauds. Et je te remercie de prendre mon parti, et je t'en félicite : ça prouve en faveur de ta vieille amitié d'abord, ensuite de ta judiciaire.

O quel décalottage de bêtise sébacée, de naïveté dans la ruse, d'ignorance dans la cuistrerie! Je te raconterai un autre jour mon entrevue à Bruxelles avec ma femme : jamais la sottise unie à la fausseté n'a atteint ce degré. Je ne me suis jamais senti disposé à psychologiférer, mais là, puisque l'occasion m'est offerte, le mémoire que je suis en train de préparer pour l'avoué sera la maquette d'un roman dont j'ordonne les matériaux présentement. Mon cas avec Rimbaud est également très curieux, — également et *légalement*. Je *nous* analyserai aussi dans ce livre très prochain — et rira bien qui rira le dernier! A ce propos, la preuve en affaires de diffamation est admise maintenant en France, je crois ? [...]

24. VERLAINE A LEPELLETIER

Londres, le 14 9bre 1872.

Mon cher Edmond,

[...] Je t'écris beaucoup parce que je m'ennuie beaucoup et qu'il fait bon causer avec une vieille branche comme toi, surtout une vieille branche de salut — en les occurrences si horribles que voici. — Et puis je crois utile de te renseigner sur mes derniers agissements. Rimbaud a récemment écrit à sa mère pour l'avertir de tout ce que l'on disait et faisait contre nous, et je suis à présent en correspondance réglée avec elle. Je lui ai donné ton adresse, celle de ma mère, celle des Mauté, celle de M. Istace et celle des deux avoués : tu sais que le mien est Me Pérart, rue du 4 Septembre ; tu as d'ailleurs reçu mon pouvoir. — Par des retards, d'ailleurs très concevables, vu l'état de la mer, les lettres à présent sont très irrégulièrement expédiées et distribuées, c'est encore une raison de ma loquacité.

Comment est-ce qu'on procède : est-ce que les 2 avoués se mettent en rapport ? Cela me semble logique, afin qu'il n'y ait nulle surprise le jour de l'audience, mais il ne s'agit pas de logique avec la loi que tous sont censés connaître. Donc veuille me renseigner et renseigner ma mère, renseigne-la aussi sur les reprises permises à l'adversaire, sur le droit, selon moi monstrueux, qu'ils pourraient avoir de garder mes livres, mes vêtements et mes correspondances, papiers et souvenirs personnels. Enfin, — je t'en supplie, puisque tu m'as offert ton bon concours, fais diligence, autant que tes occupations te le permettront, et quand tu m'écriras, dis-moi les propos, cancans. Vois-tu toujours ma femme, les Sivry, Carjat, Pelletan ? T'a-t-on fait part des *preuves* (!!!), des « aveux », des « lettres » (!!!), des projets, des arrière-pensées ? Qu'est-ce que c'est que ces gens qui sont venus chez ma mère, au sujet de Rimbaud, soit-disant ? [...]

25. VERLAINE A LEPELLETIER

Londres, 23 novembre 1872.

[...] Donne-moi le plus possible des détails sur la « chère Enfant » et son auguste famille. Vois-tu les Sivry encore ? — Mme Rimbaud s'occupe très véhémentement de l'affaire. Elle croit qu'en me séparant de son fils, je *fléchirais* ça. Qu'en dis-tu ? Moi je crois que ce serait leur donner leur *seule arme : ils ont cané, donc ils sont coupables,* — tandis que nous sommes prêts, Rimbaud et moi, à montrer, s'il le faut, nos c... (vierges) à toute la clique — « et ce sera justice »! [...]

26. VERLAINE A LEPELLETIER.

[Décembre 1872 ?]

[...] Ma vie ici va changer. Rimbaud doit repartir cette semaine pour Charleville, et ma mère venir ici. Sa présence auprès de moi, outre qu'elle me fera un immense plaisir, me sera très utile au point de vue de la « respectability ». Il est probable que nous louerons une petite maison dans les quartiers bon marché, qui sont très nombreux ici, de même que la vie est cent fois moins chère qu'à Paris, le climat cent fois plus sain et l'occupation infiniment plus facile à trouver. Alors ma vie redeviendra heureuse et ayant tout à fait oublié ces vilaines gens, je me referai une tranquillité et qui sait ? peut-être un ménage : dame! on m'autorise à toute revanche, et je ne vois pas, après avoir tant souffert, tant supplié, tant pardonné, alors qu'on m'attaque monstrueusement, qu'on offense ma sainte mère et qu'on la blesse dans toutes ses affections avec toutes les ingratitudes, — je ne vois pas pourquoi je renoncerais aux joies d'un ménage, honnête bien que M. le Maire de Montmartre n'y ait pas passé. Il y a seulement 3 mois je n'eusse pas parlé ainsi, mais depuis tant d'offenses m'ont désabusé, tant de masques ont été jetés, tant de perfidie s'est cyniquement dévoilée, qu'en vérité je crains que tout ne soit bien fini et qu'il ne me reste plus, —

sauf un quasi-miracle que je n'invoque même plus, dégoûté que je suis de *croire* encore, — qu'à prendre mon parti en brave et honnête homme bafoué, mais qui saura un jour mesurer sa douleur à son définitif mépris. [...]

★

IV. *La seconde séparation (décembre 1872-janvier 1873).*

27. VERLAINE A BLÉMONT

[Janvier 1873 ?]

Mon ami,

Je suis *mourant* de chagrin, de maladie, d'ennui, d'abandon. Rimbaud vous enverra ceci. Excusez cette brièveté d'un *très malade*.

Bonjour, ou peut-être adieu !

P. VERLAINE.

★

V. *Les retrouvailles à Londres.*

28. VERLAINE A LEPELLETIER

Londres, samedi [fin janvier 1873 ?]

Mon cher ami, si je ne t'ai pas écrit de si longtemps, c'est par l'unique raison que j'ignorais ton adresse, sans quoi tu eusses reçu voilà huit jours, en même temps que les deux ou trois que je considère comme mes amis *sérieux*, une espèce de lettre de faire-part où je leur faisais mes adieux. En même temps je télégraphiais à ma mère et *à ma femme* de venir vite. Car je me sentais positivement crever. Ma mère *seule* vint, et c'est d'elle que je tiens ton adresse nouvelle.

Deux jours après, Rimbaud, parti d'ici depuis plus d'un mois, arrivait, et ses bons soins, joints à ceux de ma mère et de ma cousine ont réussi à me sauver cette fois, non certes d'une claquaison prochaine, mais d'une crise qui eût certes été mortelle dans la solitude.

Je te supplie de m'écrire : j'ai bien besoin de témoignages amicaux. Dis-moi où en est le référé ?

Je m'occupe de mon petit volume. Seulement j'aurais besoin d'un *type*. Veuille donc m'*acheter* un exemplaire des *Fêtes galantes* et me l'envoyer vite. Je te rembourserai immédiatement.

L'heure me presse, et d'ailleurs ma faiblesse est extrême.

Je te serre la main, ainsi qu'à ta femme,

P. V.

Toujours à Howland Street 34-35, W.

29. VERLAINE A BLÉMONT

Londres, le 17 [février] 73.

[...] Voici maintenant l'explication de mon billet de l'autre jour. Me sentant plus malade qu'à l'ordinaire et craignant que ce ne fût la crise inévitablement rapprochée *de la fin*, j'avais pris la résolution d'écrire une lettre d'adieux à mes vrais amis, c'est-à-dire à ceux qui m'ont écrit en ces derniers temps, vous, Gavroche, Lepelletier et Rimbaud. Celui-ci, parti depuis un mois à Charleville, reçut de moi une lettre lui dépeignant mon état : je me proposais de vous écrire plus au long, ainsi qu'à Forain et Lepelletier; mais les forces me manquèrent, et je chargeai Rimbaud de vous envoyer vite le billet que vous avez reçu. Pour lui, n'écoutant que son amitié, il est revenu aussitôt ici, où il est encore, et où ses bons soins contribueront peut-être à me prolonger moins péniblement ma pauvre existence damnée. En même temps je télégraphiai dans les termes les plus pressants à ma mère et à ma *femme* de venir vite. Ma mère *seule* est venue!!

*

VI. *Voyage en Belgique et retour à Londres* (4 avril-
27 mai 1873).

30. VERLAINE A LEPELLETIER

Jéhonville, le vendredi 16 mai 1873.

Mon cher Edmond, j'ai reçu hier ta lettre du 12. —
Les postes ont de ces facéties-là, surtout dans cette indo-
lente Pelchique.

Je suis heureux de ce que tu me dis relativement au
manque de « bruits », symptôme évident d'une tenue
encore convenable.

Quant à préciser ce que je veux, c'est bien simple.
Écoute :

Après plus de 6 mois de séparation de fait (sans qu'il
y en eût de ma part la moindre volonté, au contraire),
après un jugement qui *momentanément*, mais *indéfiniment*,
m'ôte tout pouvoir sur ma femme et mon fils, enfin après
tous les bruits répandus par le monde et sur papier
timbré, je crois qu'une séparation à l'amiable, — outre
qu'elle n'empêcherait pas mes adversaires de revenir
s'il leur plaisait aux procédés judiciaires (ça pourrait
alors s'appeler du *chantage*) — me semble une demi-
mesure qui ressemblerait de ma part à un aveu tacite,
— en un mot impossible. Ce qu'il me faut, c'est je ne
dis pas une réconciliation — moi je n'ai jamais été
« fâché » — c'est un retour *immédiat* de ma femme à
moi : je lui ai tout récemment écrit dans ce sens, — la
prévenant que cette fois serait la dernière. J'attends sa
réponse et il est clair que si d'ici à très peu elle ne me
donne pas satisfaction, force me sera d'agir, car il serait
trop connard de me brûler le sang et la vie dans une
attente sous l'orme aussi prolongée que cruelle. J'ai tout
dit, tout fait, je suis venu ici (quittant Londres et des
espoirs d'y vivre bien) pour Elle; j'ai prié, raisonné,
invoqué le bon sens, le cœur, jusqu'à l'amour maternel!
On m'a répondu que *j'avais peur du procès, que c'était
pour cela que je disais des choses affectueuses, qu'elle*

n'avait pas peur du procès PARCE QU'ELLE LE SAVAIT IMPERDABLE. — Or tu sais à propos de quoi cette 2e requête : exigence éconduite d'une pension *amiable* de 1.200 frs, absolument comme tu sais que le motif de la 1re requête est le refus par moi d'une autorisation de résider un temps indéfini dans un *Midi* problématique [...]

31. VERLAINE A RIMBAUD

Boglione, le dimanche 18.
[mai 1873.]

Cher ami,

Merci de ta leçon, sévère mais juste, d'anglais. Tu sais, je *dors*. C'est par somnambulisme, ces *thine*, ces *ours*, ces *theirs;* c'est par engourdissement produit par l'ennui, ce choix de sales verbes auxiliaires, *to do, to have,* au lieu d'analogues mieux expressifs. Par exemple, je défendrai mon *How* initial. Le vers est :

Mais qu'est-ce qu'ils ont donc à dire que c'est laid ?

Je ne trouve encore que *How!* (qui d'ailleurs a rang d'exclamation étonnée) pour rendre ça. *Laid* me semble rendu assez bien par *foul*. De plus, comment traduire :

Ne ruissellent-ils pas de tendresse et de lait ?

sinon par :

Do not stream *by* fire and milk ?

Au moins me semble-t-il après ample contrition de mes saloperies de vieux con au bois dormant (Delatrichine [1] n'aurait pas trouvé celle-là !)

Arrivé ici à midi, pluie battante, de pied. Trouvé nul Deléclanche. Vais repartir par la malle. Ai dîné avec Français de Sedan et un grand potache du collège de Charleville. Sombre feste! Pourtant Badingue traîne dans le caca, ce qui est un régal en ce pays charognardisant.

1. Delahaye.

Frérot, j'ai bien des choses à te dire, mais la malle va chalter. Demain peut-être, je t'écrirai tous les projets que j'ai, littéraires et autres. Tu seras content de ta vieille truie (battu, Delamorue!)

Pour l'instant, je t'embrasse bien et compte sur une bien prochaine entrevue, dont tu me donnes l'espoir pour cette semaine. Dès que tu me feras signe, j'y serai.

Mon frère *(brother, — plainly)*, j'espère bien. Ça va bien. Tu seras content.

A bientôt, n'est-ce pas ? Écris vite. *Envoie Esplanade.* Tu auras bientôt tes fragments.

Je suis ton *old cunt ever open* ou *opened*, je n'ai pas là *mes* verbes irréguliers.

P. V.

Reçu lettre de Lepelletier (affaires); il se charge des ROMANCES, — Claye et Lechevallier. Demain, je lui enverrai *manusse.*

Et te les resserre derechef

P. V.

Pardon de cette stupide et *orde lette.* Un peu soûl. Puis j'écris avec une plume sans bec, en fumant une pipe barrée.

32. VERLAINE A LEPELLETIER

Jéhonville, le 19 mai 73.

[...] — Je tiens beaucoup à la dédicace à Rimbaud. D'abord *comme protestation*, puis parce que ces vers ont été faits, lui étant là et m'ayant poussé beaucoup à les faire, surtout comme témoignage de reconnaissance, pour le dévouement et l'affection qu'il m'a témoignés toujours et particulièrement quand j'ai failli mourir. Ce procès ne doit pas me faire ingrat. Tu as compris ?

D'ailleurs, écris-m'en si tu vois des objections autres qu'un respect humain qui serait maladroit — et coupable. [...]

33. VERLAINE A LEPELLETIER

Jéhonville, le 23 mai 73.

[...] Je t'ai dit : je tiens à la dédicace beaucoup, beaucoup! et je t'ai laissé libre de l'ôter ou non. Quant à une dédicace partielle, ça n'entre pas dans le plan du volume. Sans quoi, naturellement, tu en eusses eu une bonne. — Donc si tu le crois bon, supprime, mais écoute : *Cut, but hear* (je ne sais plus en grec).

Les subtilités cancanières et bourgeoises n'en subsisteront pas moins, et le nom de Dieu m'emporte si en faisant tout ça je pensais à quoi que ce soit d' « *imphâme* », *infemme* si tu préfères. Les petites pièces : « *Le piano*, etc. »; *Oh triste, triste*, etc.; *J'ai peur d'un baiser...* ; *Beams...* et autres, témoignent au besoin assez en faveur de ma parfaite amour pour le sesque, pour que le *notre amour n'est-il là niché* me puisse être raisonnablement reproché, à titre de « Terre jaune » pour parler le langage des honnestes gens.

De plus, en quoi c'est-il audacieux de dédier un volume en partie d'impressions de voyage à celui qui vous accompagnait lors des impressions reçues ? Mais, je le répète, si tu le préfères, supprime, censeur ami. [...]

★

VII. *Le départ de Londres et le drame de Bruxelles* (3-10 juillet 1873).

34. VERLAINE A RIMBAUD

En mer, [3 juillet 1873].

Mon ami,

Je ne sais si tu seras encore à Londres quand ceci t'arrivera. Je tiens pourtant à te dire que tu dois, *au fond*, comprendre, *enfin*, qu'il me fallait absolument partir, que cette vie violente et toute de *scènes* sans motif que ta fantaisie ne pouvait m'aller foutre plus!

Seulement, comme je t'aimais immensément (Honni soit qui mal y pense) je tiens aussi à te confirmer que, si d'ici à trois jours, je ne suis pas r' avec ma femme, dans des conditions parfaites, je me brûle la gueule. 3 jours d'hôtel, un *rivolvita*, ça coûte : de là ma « *pingrerie* » de tantôt. Tu devrais me pardonner. — Si, comme c'est trop probâbe, je dois faire cette dernière connerie, je la ferai du moins en brave con. — Ma dernière pensée, mon ami, sera pour toi, pour toi qui m'appelais du *pier* tantôt, et que je n'ai pas voulu rejoindre *parce qu'il fallait que je claquasse,* — ENFIN !

Veux-tu que je t'embrasse en crevant ?

Ton pauvre
P. VERLAINE.

Nous ne nous reverrons plus en tous cas. Si ma femme vient, tu auras mon adresse, et j'espère que tu m'écriras. En attendant, d'ici à trois jours, *pas plus*, *pas moins*, Bruxelles poste restante, — à mon nom.

Redonne ses trois livres à Barrère.

35. RIMBAUD A VERLAINE

Londres, vendredi apr[ès]-midi.
[4 juillet 1873.]

Reviens, reviens, cher ami, seul ami, reviens. Je te jure que je serai bon. Si j'étais maussade avec toi, c'est une plaisanterie où je me suis entêté, je m'en repens plus qu'on ne peut dire. Reviens, ce sera bien oublié. Quel malheur que tu aies cru à cette plaisanterie. Voilà deux jours que je ne cesse de pleurer. Reviens. Sois courageux, cher ami. Rien n'est perdu. Tu n'as qu'à refaire le voyage. Nous revivrons ici bien courageusement, patiemment. Ah ! je t'en supplie. C'est ton bien, d'ailleurs. Reviens, tu retrouveras toutes tes affaires. J'espère que tu sais bien à présent qu'il n'y avait rien de vrai dans notre discussion. L'affreux moment ! Mais toi, quand je te faisais signe de quitter le bateau, pourquoi ne venais-tu pas ? Nous avons vécu deux ans ensemble pour arriver à cette heure-là! Que vas-tu faire ? Si tu ne veux pas revenir ici, veux-tu que j'aille te trouver où tu es ?

Oui c'est moi qui ai eu tort.

Oh tu ne m'oublieras pas, dis ?

Non tu ne peux pas m'oublier.

Moi je t'ai toujours là.

Dis, répon[d]s à ton ami, est-ce que nous ne devons plus vivre ensemble ?

Sois courageux. Réponds-moi vite.

Je ne puis rester ici plus longtemps.

N'écoute que ton bon cœur.

Vite, dis si je dois te rejoindre.

A toi toute la vie.

RIMBAUD.

Vite, réponds, je ne puis rester ici plus tard que lundi soir. Je n'ai pas encore un penny, je ne puis mettre ça à la poste. J'ai confié à *Vermersch* tes livres et tes manuscrits.

Si je ne dois plus te revoir, je m'engagerai dans la marine ou l'armée.

O reviens, à toutes les heures je repleure. Dis-moi de te retrouver, j'irai, dis-le-moi, télégraphie-moi — Il faut que je parte lundi soir, où vas-tu, que veux-tu faire ?

36. VERLAINE A SA MÈRE

Bruxelles, 4 juillet 1873.

Ma mère,

J'ai résolu de me tuer si ma femme ne vient pas d'ici trois jours! Je le lui ai écrit. Je demeure actuellement à cette adresse :

M. Paul Verlaine, Hôtel Liégeois, rue du Progrès, chambre nº 2, Bruxelles.

Adieu, s'il le faut.

Ton fils qui t'a bien aimée.

P. VERLAINE.

J'ai quitté Londres exprès.

37. RIMBAUD A VERLAINE

[Londres, 5 juillet 1873.]

Cher ami, j'ai ta lettre datée « En mer ». Tu as tort, cette fois, et très tort. D'abord rien de positif dans ta lettre : ta femme ne viendra pas ou viendra dans trois mois, trois ans, que sais-je ? Quant à claquer, je te connais. Tu vas donc, en attendant ta femme et ta mort, te démener, errer, ennuyer des gens. Quoi, toi, tu n'as pas encore reconnu que les colères étaient aussi fausses d'un côté que de l'autre ! Mais c'est toi qui aurais les derniers torts, puisque, même après que je t'ai rappelé, tu as persisté dans tes faux sentiment[s]. Crois-tu que ta vie sera plus agréable avec d'autres que moi : *Réfléchis-y !* — Ah ! certes non ! —

Avec moi seul tu peux être libre, et, puisque je te jure d'être très gentil à l'avenir, que je déplore toute ma part de torts, que j'ai enfin l'esprit net, que je t'aime bien, si tu ne veux pas revenir, ou que je te rejoigne, tu fais un crime, et *tu t'en repentiras de* LONGUES ANNÉES *par la perte de toute liberté, et des ennuis plus atroces* peut-être que tous ceux que tu as éprouvés. Après ça, resonge à ce que tu étais avant de me connaître.

Quant à moi, je ne rentre pas chez ma mère. Je vais à Paris, je tâcherai d'être parti lundi soir. Tu m'auras forcé à vendre tous tes habits, je ne puis faire autrement. Ils ne sont pas encore vendus : ce n'est que lundi matin qu'on me les emporterait. Si tu veux m'adresser des lettres à Paris, envoie à L. Forain, 289, rue S[ain]t-Jacques, pour A. Rimbaud. Il saura mon adresse.

Certes, si ta femme revient, je ne te compromettrai pas en t'écrivant, — je n'écrirai jamais.

Le seul vrai mot, c'est : reviens, je veux être avec toi, je t'aime. Si tu écoutes cela, tu montreras du courage et un esprit sincère.

Autrement, je te plains.

Mais je t'aime, je t'embrasse et nous nous reverrons.

RIMBAUD.

8 Great Colle[ge] etc... jusqu'à lundi soir, ou mardi à midi, si tu m'appelles.

38. VERLAINE A LUDOMIR MATUSZEWICZ

[6? juillet 1873]
Bruxelles, poste restante.

Mon cher ami,

Des causes aussi pénibles qu'imprévues m'ont forcé à quitter Londres à l'improviste. J'ai dû laisser Rimbaud un peu en plan, quelque horrible peine, là franchement! (et quoi qu'on die) que ça me fît, — en lui laissant toutefois mes livres et hardes en vue de les laver pour se rapatrier. Ma femme refusant de venir après une menace de suicide de moi, — je l'attends jusqu'à demain midi, mais elle ne viendra pas, — je commence à trouver trop connard de me tuer comme ça et préfère — car je suis si malheureux, là vraiment! — m'engager dans les volontaires républicains espagnols. Je vais demain, à cet effet, à l'Ambassade d'Espagne d'ici, et je compte partir sous très peu de temps. Serez-vous assez aimable pour passer, *de suite*, 8 Gt College St[reet], Camden Town, réclamer les vêtements et livres dont Rimbaud n'aurait pas eu besoin, — ainsi, foutre, que pas mal de manuscrits, cahiers, etc... qu'il aura évidemment dû laisser. Je vous en prie, *surtout pour les manuscrits*, faites vite, je vous en serai le plus reconnaissant des bougres. Allez-y, je vous conjure, *dès le reçu de ceci*, et m'écrivez vite, vite, poste pour poste surtout. Dites à mes propriétaires (déjà prévenus par moi) qu'ils recevront de moi — je le mets à la poste demain — un mandat de 7 shillings, prix de la deuxième semaine que j'ai négligé de payer d'avance.

Enfin parlez-moi de Rimbaud. Vous a-t-il vu après mon départ? Écrivez-moi là-dessus. Ça m'intéresse tant! (toute bonne blague à part, hein?) Le temps n'est plus à la blague, nom de Dieu!

Donc j'attends réponse poste pour poste; je vous enverrai d'avance le prix de l'expédition des hardes et des manuscrits, ainsi que mon adresse d'alors, car je vais prendre pour quelques jours un quartier ici dès demain.

Votre reconnaissant d'avance et ami toujours,

P. VERLAINE.

39. VERLAINE A LEPELLETIER

Bruxelles, Dimanche [6 juillet 1873].

Mon cher Edmond,

Je vais me crever. Je voudrais seulement que personne ne sût cela avant la chose faite, et qu'en outre il fût bien prouvé que ma femme (que j'attends encore jusqu'à demain après-midi) a été prévenue 3 fois, télégraphiquement et par la poste, que donc c'est son obstination qui aura fait le beau coup. Qu'on sache aussi que ce n'est pas la peur d'un procès qui n'aurait lieu que dans dix mois, mais bien l'excès, l'abus de mon affection pour une telle créature qui m'aura dicté ce soliloque! Pour cela va chez l'avoué et chez M. Istace, et tâchez à vous trois de sauver ma mémoire de ces griffes-là. Soigne mon petit livre.

Adieu.

P. V.

Motus surtout.

Ma mère, sachant mon état, est là et essaie de me détourner; je crains qu'elle ne réussisse pas. J'attends ma femme.

40. RIMBAUD A VERLAINE

Lundi midi. [Londres, 7 juillet 1873.]

Mon cher ami,

J'ai vu la lettre que tu as envoyée à Mme Smith.

Tu veux revenir à Londres! Tu ne sais pas comme tout le monde t'y recevrait! Et la mine que me feraient Andrieu et autres, s'ils me revoyaient avec toi. Néanmoins, je serai très courageux. Dis-moi ton idée bien sincère. Veux-tu retourner à Londres pour moi? Et quel jour? Est-ce ma lettre qui te conseille? Mais il n'y a plus rien dans la chambre. — Tout est vendu, sauf un paletot. J'ai eu deux livres dix. Mais le linge est encore chez la blanchisseuse, et j'ai conservé un tas de choses pour moi : cinq gilets, toutes les chemises, des caleçons, cols, gants, et toutes les chaussures. Tous tes livres et manuss sont en sûreté. En somme, il n'y a de vendu que tes pantalons, noir et gris, un paletot et un gilet, le sac et la boîte à chapeau. Mais pourquoi ne m'écris-tu pas, à moi ?

Oui, cher petit, je vais rester une semaine encore. Et tu viendras, n'est-ce pas ? dis-moi la vérité. Tu aurais donné une marque de courage. J'espère que c'est vrai. Sois sûr de moi, j'aurai très bon caractère.

A toi. Je t'attends.

RIMB.

41. DÉCLARATION DE VERLAINE
AU COMMISSAIRE DE POLICE

10 juillet 1873.

Je suis arrivé à Bruxelles depuis quatre jours, malheureux et désespéré. Je connais Rimbaud depuis plus d'une année. J'ai vécu avec lui à Londres, que j'ai quitté depuis quatre jours pour venir habiter Bruxelles, afin d'être plus près de mes affaires, plaidant en séparation avec ma femme habitant Paris, laquelle prétend que j'ai des relations immorales avec Rimbaud.

J'ai écrit à ma femme que si elle ne venait pas me rejoindre dans les trois jours je me brûlerais la cervelle ; et c'est dans ce but que j'ai acheté le revolver ce matin au passage des Galeries Saint-Hubert, avec la gaine et une boîte de capsules, pour la somme de 23 francs.

Depuis mon arrivée à Bruxelles, j'ai reçu une lettre de Rimbaud qui me demandait de venir me rejoindre. Je lui ai envoyé un télégramme disant que je l'attendais ; et il est arrivé il y a deux jours. Aujourd'hui, me voyant malheureux, il a voulu me quitter. J'ai cédé à un moment de folie et j'ai tiré sur lui. Il n'a pas porté plainte à ce moment. Je me suis rendu avec lui et ma mère à l'hôpital Saint-Jean pour le faire panser et nous somme revenus ensemble. Rimbaud voulait partir à toute force. Ma mère lui a donné vingt francs pour son voyage ; et c'est en le conduisant à la gare qu'il a prétendu que je voulais le tuer.

P. VERLAINE.

★

VIII. *Derniers échanges* (mars-décembre 1875).

42. RIMBAUD A ERNEST DELAHAYE

[Stuttgart, 5 mars] [18]75.

Verlaine est arrivé ici l'autre jour, un chapelet aux pinces... Trois heures après on avait renié son dieu et fait saigner les 98 plaies de N. S. Il est resté deux jours et demi fort raisonnable et sur ma remonstration s'en est retourné à Paris, pour, de suite, aller finir d'étudier *là-bas dans l'île*. [...]

43. VERLAINE A ERNEST DELAHAYE

Stickney, 29 avril 1875.

[...] Ma vie est follement calme et j'en suis si content! Nul ennui aussi bien, et je crois t'avoir dit que rien de pionnard. J'ai besoin atrocement de calme. Je ne me sens pas encore assez reconquis sur mes idiotismes passés, et c'est avec une espèce de férocité que je lutte à terrasser ce vieux Moi de Bruxelles et de Londres, 72-73... de Bruxelles, *Juillet 73*, aussi... et surtout... [...]

44. VERLAINE A ERNEST DELAHAYE

Stickney, 1ᵉʳ mai 1875.

[...] Si je tiens à avoir détails sur Nouveau, voilà pourquoi. Rimbaud m'ayant prié d'envoyer pour être imprimés des « poèmes en prose » siens, que j'avais ; à ce même Nouveau, alors à Bruxelles (je parle d'il y a deux mois), j'ai envoyé (2 fr. 75 de port!!!) illico, et tout naturellement ai accompagné l'envoi d'une lettre polie, à laquelle il fut répondu non moins poliment ; de sorte que nous étions en correspondance assez suivie lorsque je quittai Londres pour ici. Je lui écrivais quelques jours avant que je lui enverrais mon adresse quand installé.

— Depuis, je n'en ai rien fait, pour plusieurs raisons dont tu devineras les principales et dont LA principale, l'indifférence (au fond).

Mais je ne voudrais pourtant pas passer aux yeux de ce particulier pour un s..., qui n'écrit plus tout d'un coup, sans motifs et si j'étais sûr qu'il n'allât pas galvauder mon adresse, je réparerais cet oubli de grande plume, sans cette chose, de ne pas savoir son *présent perchechoir*.

Tu pourrais sans doute, puisque tu écris (probablement) à Stuttgart toujours soutirer, sans dire pour qui, l'adresse actuelle du G. Nouveau en question et me l'envoyer. Du reste je n'y tiens pas plus que ça. [...]

45. VERLAINE A DELAHAYE

3 septembre 1875.

[...] Quelle nouvelle (en tout cas) de l'Œstre ? S'est-il édulcoré ? [...]

46. RIMBAUD A ERNEST DELAHAYE

[Charleville,] 14 octobre [18]75.

Cher ami,

Reçu le Postcard et la lettre de V. il y a huit jours. Pour tout simplifier, j'ai dit à la Poste d'envoyer ses restantes chez moi, de sorte que tu peux écrire ici, si encore rien aux restantes. Je ne commente pas les dernières grossièretés du Loyola, et je n'ai plus d'activité à me donner de ce côté-là à présent, comme il paraît que la 2e « portion » du « contingent » de la « classe 74 » va-t-être appelée le trois novembre suivant ou prochain : la chambrée de nuit :

[Ici, le texte du poème « Rêve » et le début de « Valse »]

De telles préoccupations ne permettent que de s'y absorbère. Cependant renvoyer obligeamment, selon les occases, les « Loyolas » qui rappliqueraient. [...]

47. VERLAINE A DELAHAYE

27 novembre 1875.

[...] Envoie nouvelles d'Homais. [A propos lui as-tu dit mes intentions republicatoires au cas où ses petits projets prendraient corps ?] Tu peux lui dire que toutes ses lettres, adressées *rue de Lyon*, ne me sont même pas envoyées, [mais par mes instructions lues et conservées par un ami dévoué of mine.] Quant à la poste restante à London, inutile d'encombrer cette institution de lettres qui ne seront jamais « called for ». Le jour où il sera sérieux, il connaît la voie (toi) pour me faire parvenir sincérités.

Réponds sur ces points, et tâche de savoir en quoi consistaient les sucreries envoyées rue de Lyon et poste restante. Et sonde, et sonde, et sonde, et sonde en coure!!!! [...]

[...] Chez qui IL loge ? J'imagine quelque angélique parent ou parente réveillé toutes nuits par rentrées à 4 pattes, dégueulages (je connais ça!) et autres exploits antiboyolaques! Et la mère, la daromphe, quoi qu'elle dit de ça ? Est-ce toujours ma faute ? Demeure-t-elle toujours 5 bis, quai de la Madelomphe ? Parce que je me ressouviens (toi aussi peut-être) qu'il faudra quelque jour, peut-être dans un an, peut-être après (I dont know yet) que je communique avec cette mère des Gracques, au sujet de mon procès en séparate! Réponds détaillement. [...]

[...] Si quelquefois tu avais quelques vers (anciens) de l'être, envoie, je te prie, copie. Mes « sonnets », ça m'est égal, tu sais. Je parle des vers d'avant son avatar et l'Homais actuel.

48. VERLAINE A RIMBAUD

Londres, dimanche 12 décembre [18]75.

Mon cher ami,

Je ne t'ai pas écrit, contrairement à ma promesse (si j'ai bonne mémoire), parce que j'attendais, je te l'avouerai, lettre de toi, enfin satisfaisante. Rien reçu, rien répondu.

Aujourd'hui je romps ce long silence pour te confirmer tout ce que je t'écrivais il y a environ deux mois.

Le même, toujours. Religieux strictement, parce que c'est la seule chose intelligente et bonne. Tout le reste est duperie, méchanceté, sottise. L'Église a fait la civilisation moderne, la science, la littérature : elle a fait la France, particulièrement, et la France meurt d'avoir rompu avec elle. C'est assez clair. Et l'Église aussi fait les hommes, elle les *crée :* Je m'étonne que tu ne voies pas ça, c'est frappant. J'ai eu le temps en dix-huit mois d'y penser et d'y repenser, et je t'assure que j'y tiens comme à la seule planche.

Et sept mois passés chez des protestants m'ont confirmé dans mon catholicisme, dans mon légitimisme, dans mon courage résigné.

Résigné par l'excellente raison que je me sens, que je me vois *puni,* humilié justement et que plus sévère est la leçon, plus grande est la grâce et l'obligation d'y répondre.

Il est impossible que tu puisses témoigner que c'est de ma part pose ou prétexte. Et quant à ce que tu m'écrivais, — je ne me rappelle plus bien les termes, « modifications du même individu sensitif », « rubbish », « potarada », blague et fatras digne de Pelletan et autres sous-Vacquerie.

Donc le même toujours. La même affection (modifiée) pour toi. Je te voudrais tant éclairé, réfléchissant. Ce m'est un si grand chagrin de te voir en des voies idiotes, toi si intelligent, *si prêt* (bien que ça puisse t'étonner !) J'en appelle à ton dégoût lui-même de tout et de tous, à ta perpétuelle colère contre chaque chose, — juste au fond cette colère, bien qu'inconsciente *du pourquoi.*

Quant à la question d'argent, tu ne peux pas sérieusement ne pas reconnaître que je suis l'homme *généreux* en personne : c'est une de mes très rares qualités, — ou une de mes très nombreuses fautes, comme tu voudras. Mais, étant donné, et d'abord mon besoin de réparer un tant soit peu, à force de petites économies, les brèches énormes faites à mon menu avoir par *notre* vie absurde et honteuse d'il y a trois ans, — et la pensée de mon fils, et enfin mes nouvelles, mes fermes idées, tu dois comprendre à merveille que je ne puis t'entretenir. Où irait mon argent ? A des filles, à des cabaretiers ! Leçons de piano ? Quelle

« colle »! Est-ce que ta mère ne consentirait pas à t'en payer, voyons donc!

Tu m'as écrit en avril des lettres trop significatives de vils, de méchants desseins, pour que je me risque à te donner mon adresse (bien qu'au fond, toutes tentatives de me nuire soient ridicules et d'avance impuissantes, et qu'en outre il y serait, je t'en préviens, répliqué *légalement*, pièces en mains). Mais j'écarte cette odieuse hypothèse. C'est, j'en suis sûr, quelque « caprice » fugitif de toi, quelque malheureux accident cérébral qu'un peu de réflexion aura dissipé. — Encore prudence est mère de la sûreté et tu n'auras mon adresse que quand je serai sûr de toi.

C'est pourquoi j'ai prié Delahaye de ne te pas donner mon adresse et le charge, s'il veut bien, d'être assez bon pour me faire parvenir toutes lettres tiennes.

Allons, un bon mouvement, un peu de cœur, que diable! de considération et d'affection pour un qui restera toujours — et tu le sais,

Ton bien cordial

P. V.

Je m'expliquerai sur mes plans — ô si simples, — et sur les conseils que je te voudrais voir suivre, religion même à part, bien que ce soit mon grand, grand, grand conseil, quand tu m'auras, via Delahaye, répondu « properly ».

P.S. — Inutile d'écrire ici *till called for*. Je pars demain pour de gros voyages, très loin...

*

IX. *Quelques poèmes.*

CRIMEN AMORIS

A Villiers de L'Isle-Adam

Dans un palais, soie et or, dans Ecbatane,
De beaux démons, des satans adolescents,
Au son d'une musique mahométane
Font litière aux Sept Péchés de leurs cinq sens.

C'est la fête aux Sept Péchés : ô qu'elle est belle !
Tous les Désirs rayonnaient en feux brutaux ;
Les Appétits, pages prompts que l'on harcèle,
Promenaient des vins roses dans des cristaux.

Des danses sur des rhythmes d'épithalames
Bien doucement se pâmaient en longs sanglots
Et de beaux chœurs de voix d'hommes et de femmes
Se déroulaient, palpitaient comme des flots,

Et la bonté qui s'en allait de ces choses
Était puissante et charmante tellement
Que la campagne autour se fleurit de roses
Et que la nuit paraissait en diamant.

Or le plus beau d'entre tous ces mauvais anges
Avait seize ans sous sa couronne de fleurs.
Les bras croisés sur les colliers et les franges,
Il rêve, l'œil plein de flammes et de pleurs.

En vain la fête autour se faisait plus folle,
En vain les satans, ses frères et ses sœurs,
Pour l'arracher au souci qui le désole,
L'encourageaient d'appels de bras caresseurs :

Il résistait à toutes câlineries,
Et le chagrin mettait un papillon noir
A son cher front tout brûlant d'orfèvreries :
O l'immortel et terrible désespoir !

Il leur disait : « O vous, laissez-moi tranquille ! »
Puis les ayant baisés tous bien tendrement
Il s'évada d'avec eux d'un geste agile,
Leur laissant aux mains des pans de vêtement.

Le voyez-vous sur la tour la plus céleste
Du haut palais avec une torche au poing ?
Il la brandit comme un héros fait d'un ceste :
D'en bas on croit que c'est une aube qui point.

Qu'est-ce qu'il dit de sa voix profonde et tendre
Qui se marie au claquement clair du feu
Et que la lune est extatique d'entendre ?
« Oh ! je serai celui-là qui créera Dieu !

« Nous avons tous trop souffert, anges et hommes,
« De ce conflit entre le Pire et le Mieux.
« Humilions, misérables que nous sommes,
« Tous nos élans dans le plus simple des vœux.

« O vous tous, ô nous tous, ô les pécheurs tristes,
« O les gais Saints ! Pourquoi ce schisme têtu ?
« Que n'avons-nous fait, en habiles artistes,
« De nos travaux la seule et même vertu !

« Assez et trop de ces luttes trop égales !
« Il va falloir qu'enfin se rejoignent les
« Sept Péchés aux trois Vertus Théologales !
« Assez et trop de ces combats durs et laids !

« Et pour réponse à Jésus qui crut bien faire
« En maintenant l'équilibre de ce duel,
« Par moi l'enfer dont c'est ici le repaire
« Se sacrifie à l'Amour universel ! »

La torche tombe de sa main éployée,
Et l'incendie alors hurla s'élevant,
Querelle énorme d'aigles rouges noyée
Au remous noir de la fumée et du vent.

L'or fond et coule à flots et le marbre éclate ;
C'est un brasier tout splendeur et tout ardeur ;
La soie en courts frissons comme de l'ouate
Vole à flocons tout ardeur et tout splendeur.

Et les satans mourants chantaient dans les flammes
Ayant compris, comme ils étaient résignés
Et de beaux chœurs de voix d'hommes et de femmes
Montaient parmi l'ouragant des bruits ignés.

Et lui, les bras croisés d'une sorte fière,
Les yeux au ciel où le feu monte en léchant
Il dit tout bas une espèce de prière
Qui va mourir dans l'allégresse du chant.

Il dit tout bas une espèce de prière,
Les yeux au ciel où le feu monte en léchant...
Quand retentit un affreux coup de tonnerre
Et c'est la fin de l'allégresse et du chant.

On n'avait pas agréé le sacrifice :
Quelqu'un de fort et de juste assurément
Sans peine avait su démêler la malice
Et l'artifice en un orgueil qui se ment.

Et du palais aux cent tours aucun vestige,
Rien ne resta dans ce désastre inouï,
Afin que par le plus effrayant prodige
Ceci ne fût qu'un vain rêve évanoui...

Et c'est la nuit, la nuit bleue aux mille étoiles ;
Une campagne évangélique s'étend
Sévère et douce, et, vagues comme des voiles,
Les branches d'arbre ont l'air d'ailes s'agitant.

De froids ruisseaux courent sur un lit de pierre ;
Les doux hiboux nagent vaguement dans l'air
Tout embaumé de mystère et de prière ;
Parfois un flot qui saute lance un éclair.

La forme molle au loin monte des collines
Comme un amour encore mal défini,
Et le brouillard qui s'essore des ravines
Semble un effort vers quelque but réuni.

Et tout cela comme un cœur et comme une âme,
Et comme un verbe, et d'un amour virginal
Adore, s'ouvre en une extase et réclame
Le Dieu clément qui nous gardera du mal.

Jadis et Naguère

A ARTHUR RIMBAUD

MORTEL, ange ET démon, autant dire Rimbaud,
Tu mérites la prime place en ce mien livre,
Bien que tel sot grimaud t'ait traité de ribaud
Imberbe et de monstre en herbe et de potache ivre.

Les spirales d'encens et les accords de luth
Signalent ton entrée au temple de mémoire
Et ton nom radieux chantera dans la gloire,
Parce que tu m'aimas ainsi qu'il le fallut.

Les femmes te verront, grand jeune homme très fort,
Très beau d'une beauté paysanne et rusée,
Très désirable d'une indolence qu'osée!

L'histoire t'a sculpté triomphant de la mort
Et jusqu'aux purs excès jouissant de la vie,
Tes pieds blancs posés sur la tête de l'Envie!

A ARTHUR RIMBAUD

SUR UN CROQUIS DE LUI PAR SA SŒUR

Toi mort, mort, mort! Mais mort du moins tel que tu
En nègre blanc, en sauvage splendidement   [veux,
Civilisé, civilisant négligemment...
Ah, mort! Vivant plutôt en moi de mille feux

D'admiration sainte et de souvenirs feux
Mieux que tous les aspects vivants même comment
Grandioses! de mille feux brûlant vraiment
De bonne foi dans l'amour chaste aux fiers aveux.

Poète qui mourus comme tu le voulais,
En dehors de ces Paris-Londres moins que laids,
Je t'admire en ces traits naïfs de ce croquis,

Don précieux à l'ultime postérité
Par une main dont l'art naïf nous est acquis,
Rimbaud! *pax tecum sit, Dominus sit cum te!*

Dédicaces

QUELQUES JUGEMENTS CONTEMPORAINS

Victor Hugo :

Nul n'est poète s'il ne l'est sous les deux espèces qui sont la Force et la Grâce. Je me suis toujours figuré que c'était le sens de l'antique Double-Mont. Vous êtes digne, mon jeune confrère, de voler d'une cime à l'autre. Après les *Fêtes galantes*, livre charmant, vous nous donnerez les *Vaincus*, livre robuste. On peut tout attendre de votre noble esprit, l'émotion, les larmes, la sympathie, c'est là qu'arrivera, après tant de pages excellemment poétiques, votre jeune et fier talent. Être inspiré, c'est beau, être ému, c'est grand. Vous savez qu'à Bruxelles je vous disais cette bonne aventure et je vous annonçais cet avenir. Vous êtes un des premiers, un des plus puissants, un des plus charmants dans cette nouvelle légion sacrée des poètes que je salue et que j'aime, moi le vieux pensif des solitudes. Que de choses délicates et ingénieuses dans ce joli petit livre les *Fêtes galantes* ! Les coquillages ! quel bijou que le dernier vers ! Je vous envoie tous mes vœux de succès et mon plus cordial shake-hand.

VICTOR HUGO A VERLAINE, 16 avril 1869

Théodore de Banville :

[...] il est des esprits affolés d'art, épris de la poésie plus que de la nature, qui, pareils au nautonnier de l'Embarquement pour Cythère, au fond même des bois tout vivants et frémissants rêvent aux magies de la peinture et des décors, qui, en entendant chanter le rossignol et murmurer le zéphyr, regrettent les accords des harpes et des luths, et qui, même dans les antres sauvages, dans les retraites sacrées des nymphes déchevelées et nues, veulent des amintes et des cydalises savamment coiffées et vêtues de longues robes de satin couleur de pourpre et couleur de rose ! A ceux-là, je dirai : Emportez avec vous les *Fêtes galantes* de Paul Verlaine, et ce petit livre de magicien vous rendra, suave, harmonieux et délicieusement triste, tout le monde idéal et enchanté du divin maître des comédies amoureuses du grand et sublime Watteau. Ne le voyez-vous pas qui apparaît devant vous dans la brume légère ?

> C'est Tircis et c'est Aminte,
> Et c'est l'éternel Clitandre,
> Et c'est Damis qui pour mainte
> Cruelle fait maint vers tendre.

> Leurs courtes vestes de soie,
> Leurs longues robes à queues,
> Leur élégance, leur joie
> Et leurs molles ombres bleues

> Tourbillonnent dans l'extase
> D'une lune rose et grise,
> Et la mandoline jase
> Parmi les frissons de brise.

> THÉODORE DE BANVILLE
> *Le National,* 19 avril 1869.

En voici un [poète], Paul Verlaine, qui est au suprême degré un homme de son pays, de son temps et de sa génération ; de cette génération trop tard venue après que les lauriers étaient coupés, il a eu les ennuis, les irritations, les sourdes colères ; il nous a révélé dans ses *Poèmes saturniens,* toutes les douleurs, toutes les angoisses qui troublaient son jeune esprit, de même que dans les *Fêtes galantes* il s'est montré artiste de race, ouvrier exquis, en prêtant de suprêmes ironies et de mélancoliques élégances à ses pâles fantoches vêtus de satin et devisant d'amour au clair de lune. Aujourd'hui, par un de ces divins miracles dont par bonheur la tradition n'est pas perdue, Paul Verlaine retrouve à la fois dans son nouveau livre les gaietés, les espérances et les vaillantes candeurs sereines de son âge, car c'est pour une chère fiancée qu'a été assemblée ce délicieux bouquet de poétiques fleurs que le même artiste, toujours aussi savant mais devenu heureux, appelle si justement *La Bonne Chanson*. Et comment en donner mieux l'idée qu'en citant ces quelques vers dans lesquels on voit les enchantements et les féeries de l'aube matinale :

> Avant que tu ne t'en ailles,
> Pâle étoile du matin,
>   — Mille cailles
> Chantent, chantent dans le thym. —
>
> Tourne devers le poète,
> Dont les yeux sont pleins d'amour;
>   — L'alouette
> Monte au ciel avec le jour. —
>
> Tourne ton regard que noie
> L'aurore dans son azur;
>   — Quelle joie
> Parmi les champs de blé mûr! —
>
> Puis fais luire ma pensée
> Là-bas, — bien loin, oh, bien loin!
>   — La rosée
> Gaîment brille sur le foin. —
>
> Dans le doux rêve où s'agite
> Ma mie endormie encor...
>   — Vite, vite,
> Car voici le soleil d'or —.

Le National 18 juillet 1870.
THÉODORE DE BANVILLE

Leconte de Lisle :

« Mon cher ami.

« J'ai reçu *La Bonne Chanson* et je vous remercie bien cordialement de votre aimable souvenir. Vos vers sont charmants ; ils respirent le repos heureux de l'esprit et la plénitude tranquille du cœur.

« Recevez mes meilleures félicitations.

« Voici que la pauvre Poésie est bien malade ; et pour longtemps nous sommes ici dans une inquiétude effroyable des événements. Si la bataille qui doit se livrer à l'entrée des Vosges est perdue, les Prussiens seront à Paris dans huit jours.

« Tout le pays où nous sommes est consterné ; on ne rencontre sur les chemins que des gens qui pleurent à chaudes larmes.

« Quel désastre, quelle misère !

« A bientôt, mon ami ; si toutefois vous n'êtes pas envoyé à la frontière.

« Tout à vous
« LECONTE DE LISLE. »
LECONTE DE LISLE A VERLAINE, 9 août 1870.

J.-K. Huysmans :

Maniant mieux que pas un la métrique, il avait tenté de rajeunir les poèmes à forme fixe : le sonnet qu'il retournait, la queue en l'air, de même que certains poissons japonais en terre polychrome qui posent sur leur socle, les ouïes en bas ; ou bien il le dépravait, en n'accouplant que des rimes masculines pour lesquels il semblait éprouver une affection ; il avait également et souvent usé d'une forme bizarre, d'une strophe de trois vers dont le médian restait privé de rime, et d'un tercet, monorime, suivi d'un unique vers, jeté en guise de refrain et se faisant écho avec lui-même tels que les *streets* : « Dansons la Gigue » ; il avait employé d'autres rythmes encore où le timbre presque effacé ne s'entendait plus que dans des strophes lointaines, comme un son éteint de cloche.

Mais sa personnalité résidait surtout en ceci : qu'il avait pu exprimer de vagues et délicieuses confidences à mi-voix, au crépuscule. Seul, il avait pu laisser deviner certains au-delà troublants d'âme, des chuchotements si bas de pensées, des aveux si murmurés, si interrompus, que l'oreille qui les percevait demeurait hésitante, coulant à l'âme des langueurs avivées par le mystère de ce souffle plus deviné que senti. Tout l'accent de Verlaine était dans ces adorables vers des *Fêtes galantes :*

> Le soir tombait, un soir équivoque d'automne;
> Les belles se pendant rêveuses à nos bras,
> Dirent alors des mots si spécieux, tout bas,
> Que notre âme, depuis ce temps, tremble et
>   [s'étonne.

Ce n'était plus l'horizon immense ouvert par les inoubliables portes de Baudelaire, c'était, sous un clair de lune, une fente entrebâillée sur un champ plus restreint et plus intime, en somme particulier à l'auteur...

J.-K. HUYSMANS, A Rebours.

Jules Lemaitre :

[...] Ce que je prenais d'abord pour des raffinements prétentieux et obscurs, j'en viens à y voir (quoi qu'il en dise lui-même) des hardiesses maladroites de poète purement spontané, des gaucheries charmantes. Puis il a des vers qu'on ne trouve que chez lui, et qui sont des caresses. J'en pourrais citer beaucoup. Et comme ce poète n'exprime ses idées et ses impressions que pour lui, par un vocabulaire et une musique à lui, — sans doute, quand ces idées et ces impressions sont compliquées et troubles pour lui-même, elles nous deviennent, à nous, incompréhensibles; mais quand, par bonheur, elles sont simples et unies, il nous ravit par une grâce naturelle à laquelle nous ne sommes plus guère habitués, et la poésie de ce prétendu « déliquescent » ressemble alors beaucoup à la poésie populaire :

> Il pleure dans mon cœur
> Comme il pleut sur la ville ;
> Quelle est cette langueur
> Qui pénètre mon cœur ? etc.

Ou bien :

> J'ai peur d'un baiser
> Comme d'une abeille.
> Je souffre et je veille
> Sans me reposer.
> J'ai peur d'un baiser.

Finissons sur ces riens, qui sont exquis, et disons : M. Paul Verlaine a des sens de malade, mais une âme d'enfant ; il a un charme naïf dans la langueur maladive ; c'est un décadent qui est surtout un primitif.

> JULES LEMAITRE
> *La Revue bleue,* 7 janvier 1888.

Jules Tellier :

[...] Cette délicieuse pureté de forme et de fond, jamais plus M. Verlaine ne la retrouvera. Il a beau se promettre de rester le même à travers toute la vie, de « chanter des airs ingénus », pour charmer « les lenteurs de la route ». Ils le sont joliment, ingénus, les airs qu'il a chantés depuis ! Il s'est dérobé au pouvoir de la « petite fée », et il est tombé aux mains d'un Génie méchant et subtil, qui lui a appris beaucoup de choses perverses. Après *La Bonne Chanson,* il n'a plus fait que dire la mauvaise : et tantôt ceux qui l'aiment s'en affligent, et tantôt aussi ils n'en savent plus que penser, parce que la mauvaise leur paraît plus intéressante encore que la bonne.

> JULES TELLIER, *Nos Poètes* (1888).

Charles Maurras :

Confusions, bégaiements de femme-enfant, de « Child Wife », comme il écrit encore :

> O triste, triste était mon âme
> A cause, à cause d'une femme.

Répétitions de retournelles puériles, enfantines (et ce mot « puéril » deviendra l'un des plus fréquents de la poésie verlainienne)

> Tournez, tournez bons chevaux de bois,
> [suit une longue citation du poème]

Mes ces enfantillages amorphes, que je ne puis me retenir de trouver, contre la commune opinion, d'un art un peu rudimentaire pour être traités de chefs-d'œuvre, sont mélangés encore de poèmes d'un tout autre ton, tels que les *Birds in the night,* tels que *Beams* et que *Green...* les historiens de la poésie diront qu'il était impossible de mieux faire, en 1874, à un contemporain de Victor Hugo. Et je sais bien qu'ils donneront à ces pièces la préférence sur les petites chansonnettes ataxiques d'*Il pleure dans mon cœur* ou des *Chevaux de bois.*

CHARLES MAURRAS,
« *Paul Verlaine, les époques de sa poésie* », 1895.

TABLE DES MATIÈRES

GF Flammarion

04/10/110097-X-2004 – Impr. MAURY Eurolivres, 45300 Manchecourt.
N° d'édition FG028516. – 4ᵉ trimestre 1976. – Printed in France.